MW01178751

Kommissar Hansens 4. Fall

– Katzensprung –

oder

Der Königsmacher
von Thale

Danke Bine

Horst/Holstein 2023

1. Besinnung

Der Volvo Motor knisterte leise. Horst Hansen liebte dieses Geräusch. Immer dann, wenn er seinem Wagen über eine lange Distanz die Sporen gegeben hatte, bedankte der sich mit diesem zarten Knistern. So wie ein Pferd, wenn es durch die Nüstern schnaubt, weil es mal wieder galoppieren durfte. Fehlte eigentlich nur noch, dass der Volvo mit den Hufen scharrte.

Er sah nach Stunden schneller Fahrt wieder auf seine Uhr. Schon 8.00 Uhr abends. Wo war er eigentlich gestrandet? Schon klar, kurz vor Hamburg. Wohin sonst sollte ihn sein inneres Navi geführt haben. Er stieg aus dem Wagen und brannte sich eine Zigarette an. Nach wenigen Zügen warf er sie weg und ging in das Restaurant des Autohofes. Er hielt auf seinen Fahrten nie an einer Autobahnraststätte an, sondern immer nur an Autohöfen. Da war es nicht so voll. Vor allem Familien mit quengelnden Kindern störten ihn hier seltener. Ach ja, Kinder. Seinen Ole hatte er ohne Abschiedskuss lieblos stehen lassen, als er fluchtartig Thale verließ. Das tat ihm jetzt leid. Er nahm sich vor, ihn abends vor dem Schlafengehen anzurufen.

Er konnte sich nicht erklären, weshalb er alles stehen ließ und davonfuhr. Es war eben alles zu viel für ihn. Der anstrengende Dienst als Hauptkommissar, die Villa mit dem großen Grundstück, seine dominante Frau, die ständigen Affären. Er wollte das alles nicht mehr. Aber worauf verzichten. Das wusste er noch nicht. Er musste eine Auszeit nehmen. Er nahm sein Handy und rief den Revierleiter an, um ihm seine schwere psychische Krise zu beichten und um eine Pause zu bitten. Mindesten 4 Wochen. Er allein und das Meer. Nicht das Mittelmeer oder der Atlantik würden ihm guttun. Nur seine Nordsee konnte seine müde Seele heilen.

Sein Chef hatte schon auf seinen Anruf gewartet. Er hörte geduldig zu. Wie er seinen Hauptkommissar kannte, konnte er ihn zu nichts zwingen. Der Mann hatte eine hervorragende Arbeit geleistet. Er wollte nicht auf ihn verzichten und kam deshalb, wenn auch gezwungenermaßen, dessen Bitte um eine Auszeit nach.

Na bitte, Hansen war erleichtert. Sein Chef hatte ihn verstanden. Er widmete sich jetzt seinem Cappuccino. Es war schon erstaunlich, welche Qualität der Raststätten Kaffee heutzutage hatte. Früher gab es nur eine üble Plörre Filterkaffee aus Thermosbehältern. Der schmeckte immer schal und war nur noch lauwarm. Jetzt stand dagegen ein frisch gebrühter Cappuccino vor ihm. Es wird eben nicht alles schlechter.

Hansen begann über sich nachzudenken. Wie sollte er seine persönliche Befindlichkeit beurteilen. War es die oft zitierte midlife crisis. Nein, für ihn kam das nicht in Frage. Das war etwas für Waschlappen und Beamte. Er war ein echter Kerl, und echte Kerle haben sich unter Kontrolle. Die haben keine Midlife Krise.

Zu seinem Ärger wurde er in seinen Überlegungen durch eine größere Reisegruppe gestört. Mindesten drei Busse mit Rentnern. Der Gastraum des Rasthofes war von dieser Invasion überfordert. Im Nu wurden alle Tische okkupiert. Ein Ehepaar ergatterte noch zwei der raren Sitzplätze, andere mussten warten, bis was frei wurde.

Eine resolute grauhaarige Dame mit Dauerwelle wies ihren Mann an, zwei Plätze zu besetzen und sich ja nicht wegzubegeben. Während sie sich um das Essen kümmern würde. Auch nicht aufs Klo gehen. Der Mann nahm folgsam Platz, während seine Frau sich in die Schlange am Büffet anstellte. Am Büffet hing eine Tafel, worauf das aktuelle Speisenangebot zu erkennen war. Der Mann reckte seinen Hals, um diese Tafel zu lesen. Er fand auch ein Gericht und rief es nun seiner Frau in der Schlange zu: „Hallo Mäuschen, ich möchte ein halbes Hähnchen."

Die Frau konnte sein Rufen hören, stellte sich aber taub. Von wegen halbes Hähnchen. Der soll gefälligst das essen, was sie ihm mitbrachte. Das könnte sie gedacht haben. Der Mann rief nun lauter: „Mausi, für mich ein halbes Hähnchen!" Wieder keine Antwort. Da stand der Mann auf und ging zu seiner Frau, um ihr seinen Wunsch zu Gehör zu bringen. Er war aber kaum aufgestanden, da waren die beiden Plätze schon durch andere wartende Gäste besetzt.

Der Mann bemerkte das nicht und lief weiter zu seiner Frau. Als er sie ansprach, drehte sich die Dauerwelle nach ihn um. Sie erfasste mit einem Blick, dass ihre reservierten Plätze besetzt waren. Ihr Gesicht lief vor Zorn rot an. Sie nahm das Tablett und drosch es ihrem Mann auf den Kopf: „Habe ich dir nicht befohlen, du sollst dich auf keinen Fall vom Tisch entfernen!" Er jammerte ängstlich: „Aber ich wollte doch nur ein halbes Hähnchen, du hast mich ja nicht gehört"

Die Dauerwelle schlug ihm wieder und wieder das Tablet auf den Kopf und schrie den armen Kerl an, dass er gefälligst das zu machen habe was sie ihm befahl. Ein halbes Hähnchen bekam er nicht. Nur ein halbes Brötchen mit Käse, der bereits einige Stunden auf einen gnädigen Esser gewartet hatte und schon angelaufen war.

Hansen hatte das Geschehen fassungslos verfolgt. Der Mann tat ihm nicht leid. Keiner kann jemanden zwingen, mit so einem Drachen zusammen zu bleiben. Aber die

Komödie tat ihm insofern gut, dass er für sich mit Kempowski feststellen konnte, ‚da geht es mir ja noch Gold'. Er stand auf und bot dem Mann seinen Platz an. Wohl wissend, dass er den nicht bekommen würde. Und richtig, die Dauerwelle palzierte ihren fetten Mors auf den freien Platz. Der Mann ließ es widerstandslos geschehen.

Jetzt konnte Hansen sich doch nicht mehr beherrschen. Er wusste, dass in Deutschland jährlich über 400 Menschen ermordet wurden. Hauptmotive waren Kränkungen und Verletzungen des Ehrgefühls. Die meisten Tötungsdelikte geschahen in den Familien.

Er ging zum Büffet, wo die Schlange sich aufgelöst hatte. Er kaufte ein halbes Brathähnchen und stellte es zusammen mit einem frischen Pilsner vor den Mann auf den Tisch. Zu der Frau sagte er laut, so dass es alle hören konnten: „Ich bin Hauptkommissar der Kriminalpolizei. Das ist mein Hähnchen. Unterstehen sie sich, es ihrem Mann zu entziehen. Das wäre für mich ein Diebstahlvergehen, das ich zur Anzeige bringen würde."

Er blieb neben dem Ehepaar stehen, bis der Mann sein halbes Hähnchen gegessen hatte.

Im Auto musste Hansen sich über sich selber ärgern. „Das war echt Scheiße, was ich dem armen Kerl da angetan habe", fluchte er laut, „das wird seine bekackte Lage nicht verbessern, sondern ihm nur neuen Ärger bringen. Ich kann ihm ja schlecht raten, den alten Drachen zu vergiften."

Hansen erreichte den Hamburger Elbtunnel als die Nacht den Tag ablöste. Erst jetzt wurde ihm bewusst, dass er keinen Plan hatte, wo er übernachten könnte. Blieb als Ausweg nur ein Hotelzimmer. Er kannte einige Häuser, aber so richtig wohl fühlte er sich in keinem Quartier. Das mochte damit zusammenhängen, dass er nur solche Objekte kannte, in denen er als Polizist zu tun hatte. Seis drum, man lebt nur einmal! Er steuerte das Hotel Atlantik an. Das wohl bekannteste Haus der Stadt.

Die Dame an der Rezeption empfing ihn kühl. Na bitte, ich bin wieder in Hamburg. Hansen mochte diese reservierte norddeutsche Art. Wer das nicht kannte, konnte glauben, die Dame wäre unfreundlich. War sie aber nicht, sondern sie pflegte einfach nur ihr norddeutsches Understatement. Ja, ein

Zimmer war noch verfügbar. 543 Euro die Nacht. Sagt ihnen das zu.

Hansen zuckte mit keiner Wimper. Das soll die nicht erleben, dass er diesen Preis kommentierte. Wie lange er zu bleiben wünsche, fragte die Dame. Hansen nahm seinen Schlüssel und ging, ohne zu antworten. Auch das war hanseatisches Understatement. Die Dame fand das cool. Erkannte sie ihn n doch als Landsmann. Sie wusste, er konnte darauf noch nicht antworten, weil seine Planung das noch nicht zuließ. Das war klar, warum also unnötig snacken.

Im Hotelzimmer öffnete Hansen die Fenster. Er brauchte jetzt die Hamburger Luft. Einige Zeit genoss er die vertraute Ansicht mit der Alster und dem lebendigen Straßenverkehr. Endlich wieder Großstadtlärm. Die Stadt kochte zu jeder Tages- und Nachtzeit. Wie er das in den Provinznestern im Harz vermisst hatte.

Er ging in die Hotelbar. Es war kurz nach acht Uhr abends. Nur wenige Gäste nahmen hier einen Drink. Zu früh. Hansen setzte sich an einen kleinen Tisch beim Klavier. Wie er gehört hatte, sollte der bekannte Schlagersänger Udo Lindeberg auf Dauer im Atlantik wohnen und abends in der Hotelbar Eierlikör trinken.

Udo Lindenberg gehörte nicht zu Hansens Favoriten. Er stand mehr auf Pink Floyd, Joe Cocker und Erik Clapton. Er fand Lindenberg eher peinlich. Der war sich für keinen Spruch zu blöd. Auch die Sache mit seinem Hut gefiel ihm nicht. Er sah damit immer aus, als ob er vor Schweiß stinke. Wenn er eine Glatze hat, soll er dazu stehen. Leute mit Hüten und Toupets litten für ihn an mangelndem Selbst-bewusstsein.

In solcherart Gedanken vertieft bemerkte Hansen nicht, dass die Dame von der Rezeption in die Bar kam und seinen Tisch ansteuerte. Er zuckte zusammen als sie ihn bat, an seinem Tisch Platz nehmen zu dürfen. Ohne ihre Hotelkleidung hätte er sie fast nicht wiedererkannt. Obwohl er eigentlich seine Ruhe haben wollte, konnte er doch nicht so unhöflich sein und ihr verwehren, den freien Stuhl zu besetzen.

Hansen war im 52. Lebensjahr und ein sehr attraktiver Mann. Das dichte schwarz Haar hatte ein paar graue Strähnen bekommen. Das machte ihn aber noch interessanter. Er war mit seinen 1,80 Metern Körpergröße und seinen breiten Schultern eine stattliche Erscheinung. Hansens war sich seiner Wirkung auf Frauen bewusst und hatte nicht selten davon Gebrauch gemacht. Aber seit seiner Hochzeit mit Cornelia hatte er seine Affären rigoros reduziert. Aber ganz darauf verzichten wollte und konnte er nicht. Das wäre für ihn einer Selbstkasteiung gleichgekommen. Und dazu hatte er keine Lust.

Die Dame war eine sehr aparte Erscheinung. Sie gefiel Hansen sofort. Das hatte aber nichts weiter zu bedeuten, denn er traf täglich Frauen, die ihm gefielen. Und schließlich konnte er nicht mit jeder ins Bett gehen. Aber er war nicht abgeneigt, sich einen kleinen Flirt zu erlauben. Das setzt Hormone frei, die seinem Wohlbefinden zugutekamen.

Die Dame trug einen recht kurzen Rock und eine offene Bluse. Ihre Figur gefiel ihm. Das lange blonde Haar reichte fast bis zum Gürtel.

Hansen hatte eigentlich keinen Frauentyp, den er bevorzugte. Er war da flexibel. Die Frau erregte ihn. Er war nicht abgeneigt, sie kennenzulernen. Sie rief dem Barkeeper zu, er solle ihre einen Sundowner bringen, er wisse schon, welchen. Ihr Wunsch wurde umgehend realisiert und sie prostete Hansen zu: „Auf ihr Wohl, Herr Hansen. Wie ich sehe, bevorzugen sie Bier. Darf ich sie zu einem guten Cognac verführen?"

Hansen war überrascht. Er hatte längere Zeit keinen getroffen, der sich für Cognac entschied. Modegetränke wie Wodka oder Whisky hatten den guten alten Cognac verdrängt. Er nahm deshalb die Einladung gerne an. Nun war das Eis gebrochen. Er konnte jetzt schlecht schweigen. Obwohl er ein routinierter Unterhalter war, fiel ihm in dieser Situation nichts weiter ein als zu sagen: „Na Feierabend, wie war ihr Tag."

Die Dame war von dieser Phrase überrascht und zog die Stirn in Falten: „Wie soll mein Tag schon gewesen sein. Wie meine Tage seit ewigen Zeiten sind. Langweilig und öde."

Ne, dafür fehlte Hansen die Geduld. Sollte sie sich einen anderen Unterhalter suchen. Er hatte kein Interesse, hier den Seelenklempner zu spielen. Etwas rüder als beabsichtigt sagte er: „Warum machen sie dann diesen Job, wenn er ihnen so gar nicht gefällt?"

Sie antwortete mit einer Gegenfrage: „Welchen Job haben sie denn. Befriedigt er sie aus, oder geht es auch nur ums Geldverdienen?"

Hansen antwortete auf diese sehr persönliche Frage nicht. Er erhob sich aus seinem Sessel und wollte sich verabschieden. Aber die Dame hielt ihn unvermittelt am Ärmel fest. Sie sah ihn mit ihren großen blauen Augen an: „Sie brauchen mir nicht zu antworten. Ich kenne sie, Herr Hauptkommissar. Sie haben vor einigen Jahren meinen Verlobten hinter Gitter gebracht. Wegen diverser Eigentumsdelikte. Seitdem muss ich mich alleine um unsere beiden Kinder kümmern. Ich bin ihnen aber deshalb nicht böse. Der Kerl war ein Schwein. Ich bin froh, dass ich ihn los bin."

Jetzt tat die Dame ihm irgendwie leid. Er setzte sich wieder und bestellte zwei neue Cognac.

Sie prostete ihm zu und fragte schelmisch, ob er sich zu einem Tänzchen verführen lassen würde. Hansen willigte ein. Der Pianist spielte ruhige Barstücke und so genossen beide die kuschelige Atmosphäre der schönen Hotelbar. Gegen 23.00 Uhr verabschiedete sich die Dame.

Hansen ging auf sein Zimmer. Er war stolz auf sich, dass er die Gelegenheit für eine Affäre ungenutzt verstreichen ließ. Er rief seine Frau in Thale an und erkundigte sich, wie es ihrem Sohn Ole ging. Der Kleine fehlte ihm. Seine Frau auch. Cornelia fragte, wann er wieder nach Hause kommen wird und ob sie Schuld an seiner Flucht hatte. Nein, nein du doch nicht. Hansen konnte sie beruhigen. Wenn es auch nur die halbe Wahrheit und mehr als eine halbe Lüge war. Er wollte jetzt keine Diskussion über die Probleme seiner Ehe führen. Darüber musste er sich selber erst noch Klarheit verschaffen. Er bat Conny um Geduld, da er erst in einigen Wochen wieder zu Hause sein könnte. Er benötigte einfach einen Abstand von seinem bisherigen Trott, um sich in der Mitte seines Lebens neu zu erden.

2. Nordwind und Tide

Am nächsten Morgen wurde Hansen schon an der Rezeption erwartet. Die Dame begrüßte ihn sehr freundlich, ohne weitere Fragen zu stellen. Hansen war ihr dankbar dafür. Er bat sie um Rat, wo er ein paar Tage ausspannen könne. An der Nordsee müsste es schon sein, aber keine übervolle Destination, eher was Ruhiges, mit viel Natur und Ruhe. Die Dame öffnete eine Schublade und holte ein Vermieterverzeichnis für Ferienwohnungen raus.

Hansen las nur Büsum und wollte schon abwinken, als ihm die Dame die Broschüre vorlegte. „Ich weiß schon, dass Büsum nicht das Richtige für sie ist. In diesem Kompendium sind aber auch die Ferienwohnungen in Büsumer Deichhausen enthalten. Ich kann ihnen dieses Kleinod an der Nordsee nur empfehlen. Viel besser als das total überlaufene Büsum. Sie werden mir noch dankbar für meinen Tipp sein. Hier zum

Beispiel dieses reetgedeckte Reihenhaus. Beste Lage und sehr preiswert."

Hansen notierte sich die Adresse. Er verabschiedete sich. Einer Eingebung folgend, lud er sie ein, ihn am Wochenende mit ihren beiden Kindern zu besuchen. Die Ferienwohnung hatte vier Zimmer, also Platz genug. Die Dame war von dieser Einladung nicht überrascht. Als hätte sie darauf gewartet bedankte sie sich bei ihm und sagte ihren Besuch für den kommenden Freitag zu.

Die Fahrt von Hamburg nach Büsum-Deichhausen war für den Volvo kein Problem. Auf halber Strecke überquerte er den Nord-Ostsee - Kanal auf einer der imposanten Hochbrücken. Hansen gönnte sich auf dem Parkplatz der Hochbrücke eine Pause und sah den Fracht- und Containerschiffen nach, die durch den Kanal viel Zeit einsparen konnten.

Nach einer knappen Stunde stellte er seinen Wagen bei den Ferienwohnungen ab. Die Zimmerreservierung hatte er unterwegs mit seinem Handy erledigt. Mit dem Quartier war er sehr zufrieden. Die Dame vom Atlantik hatte ihm einen ausgezeichneten Tipp gegeben. Er schlenderte durch den kleinen, hübschen Ort. Wirklich nett hier. Der Nordseestrand war breit und sehr gepflegt. Er mietete einen Strandkorb für eine Woche, nahm darin Platz, rekelte sich und schlief sofort ein.

Geweckt wurde er nach einer Stunde. Ein kleiner Köter hatte ihm ans Bein gepinkelt. Hansen fuhr mit einem derben Fluch in die Höhe und schaute sich nach dem Übeltäter und dessen Besitzerin oder Besitzer um. Den Übeltäter musste er nicht lange suchen. Der saß vor ihm und wedelte mit dem Schwanz. Er war wohl ausgebüchst oder hatte kein Zuhause mehr. Hansen bückte sich nach dem kleinen Kerl und suchte nach einem Halsband. Vergeblich.

Hansen hatte von Bekannten gehört, dass sich in den Mittelmeerländern viele Straßenhunde rumtrieben. Einige Urlauber hatten Mitgefühl für diese Kreaturen und nahmen sie mit nach Deutschland. In Deutschland kam sowas eher selten vor. Herrenlose Hunde und Katzen gehörten ins Tierheim. Aber Hansen hatte keine Lust, sich darum zu kümmern. Er gab dem Beinpinkler einen kräftigen Tritt, worauf sich das Tier leise wimmernd entfernte. Eine ältere Dame im Strandkorb neben ihm schüttelte vorwurfsvoll den Kopf. Hansen ging direkt auf sie zu und schnauzte sie an: „Was ist, gefalle ich ihnen nicht. Ich kann den Köter gerne für sie einfangen. Wenn sie wollen, sofort." Die ältere Dame, von dieser unverblümten Attacke überrascht, verzog sich schleunigst in Richtung Damenklo.

Die Abendstunde wurde von der Ebbe eingeläutet. Wie immer war Hansen von diesem Naturspektakel beeindruckt. Er sah dem Fallen des Wasserpegels vom Strandkorb aus lange zu. Leider gab es immer wieder naive oder dumme Menschen, die dem Meer keine Gefahr zutrauten. Ein Spaziergang im Schlick hatte schon seinen Reiz, war aber nicht ungefährlich. Immer wieder kam es zu Unfällen, weil Strandläufer im Schlick einsanken und sich nicht mehr aus eigener Kraft aus der Umklammerung des Schlamms befreien konnten. Wenn dann keine Hilfe kam, waren sie rettungslos verloren, sobald die nächste Flut sie erreichte. Dann ertranken sie.

Alles Gute ist selten beisammen. So war es auch mit der Ruhe und Abgeschiedenheit von Deichhausen. Hansen suchte vergeblich nach einem guten Restaurant. Da er keine Lust hatte, nach Büsum zu fahren oder zu laufen, begnügte er sich mit dem Fischimbiss am Aufgang zum Strand. Jetzt wurde es Zeit, ins Bett zu gehen. Er fiel rasch in einen tiefen und ruhigen Schlaf. Wie seit langem nicht mehr.

Der nächste Tag begrüßte Hansen schon recht früh. Leider hatte er nicht bedacht, dass man in einer Ferienwohnung nur das verzehren kann, was man mitbringt. Und Hansen hatte rein gar nichts dabei. Weder Brötchen, noch Kaffee noch Butter oder Marmelade. Er ärgerte sich über sich selber und überlegte, ob er im Fischimbiss frühstücken oder im Supermarkt einkaufen sollte. Zu beiden Verrichtungen hätte er sich auf die Socken machen müssen. Er nahm seinen bequemen Gartensessel und setzte sich auf den gepflegten Rasen des riesigen Grundstücks. Und überlegte. Seine Nachbarn bemerkten ihn und luden ihn sehr freundlich ein, mit ihnen gemeinsam das Frühstück einzunehmen.

Das konnte Hansen schlecht ablehnen. Irgendwie spielte ihm sein Schicksal einen Streich. Da ist er von zu Hause abgehauen, weil er eine menschenfreie Zeit brauchte. Und nun sandte ihm der Zufall lauter interessante Leute. Vielleicht hatte ihm sein Schicksal diese ‚normalen' Menschen geschickt. Keine Verbrecher, wie er sie in seiner Arbeit als Kriminalpolizist täglich antraf. War das der Weg, um ihn aus seiner psychischen Verkrampfung zu lösen? Dass er wieder an das Gute im Menschen glauben konnte?

Den Nachbarn war sein Zögern nicht entgangen. Es entsprach aber nicht ihrem Stil, ihn sofort nach dem Grund für seine Zurückhaltung zu fragen. Auch wenn sie das interessiert hätte. Auch dass er alleine die große Ferienwohnung nutzte, wurde von ihnen zwar bemerkt, aber nicht hinterfragt.

Hansen danke ihnen im Stillen ihren Anstand. Er nahm am reich gedeckten Frühstückstisch Platz und entschied sich für Milchkaffee. Die Nachbarn stellten sich vor. Sie kamen aus Braunlage. Er war dort Revierförster. Die Frau war Hausfrau, obwohl sie auch als Lehrerin hätte arbeiten können. Sie besaß den Abschluss als Englischlehrerin für die Gymnasialstufe. Hansen kam nicht umhin, sich mit Namen und Tätigkeit vorzustellen. Das wurde von den beiden kommentarlos hingenommen. Auch das war für Hansen keine Selbstverständlichkeit. Oft genug musste er sich dämliche Witze über Polizisten anhören. Oder, schlimmer noch, die Leute gingen auf Distanz, sobald er seinen Beruf nannte.

Das gemeinsame Frühstück verlief in einer sehr freundlichen Atmosphäre. Man redete über unverfängliche Themen wie Wetter, Urlaub oder Harz. Die Nachbarn waren erstaunt, dass Hansen Braunlage nicht kannte, obwohl er als Quedlinburger auch ein Harzer war. Hansen beließ es dabei. Er wollte sich nicht als Hamburger Junge offenbaren, sondern erkundigte sich lieber nach Braunlage. Er hatte schon davon gehört, allerdings seien darunter auch viele Klagen gewesen. Weil durch die Wende der bekannte Kurort an Ausstrahlungskraft und Gästebindung stark verloren habe.

Der Förster wollte dieses Thema lieber meiden, seine Frau reagierte jedoch sehr spontan: „Sie müssen uns verstehen, wir waren früher die Nummer 1 im Harz. Über eine Million Gästeübernachtungen waren die Regel. Die Hotels und Gaststätten waren gut besucht. Die Geschäfte liefen hervorragend. Dann wurde die Grenze geöffnet. Früher lagen wir am Rande der Bundesrepublik. Unser Kurort war eine Sachgasse. Durch den Fall der Mauer wurde unsere Einkaufsstraße zu einer verkehrsreichen Durchgangsstraße. Es war kein Vergnügen mehr, durch unsere Geschäftsstraße zu flanieren. Wer sucht schon Abgase und Lärm, wenn er im Oberharz Urlaub macht."

Sie knuffte ihren Mann in die Seite: „Nun sage du doch auch mal was. Habe ich nicht Recht?" Der Förster folgte dieser Aufforderung mit sichtbarem Widerwillen: „Ja, ich gebe dir ja gerne Recht. Hinzu kam ja noch, dass den Tourismusbetrieben im Ostharz großzügig Fördermittel geschenkt wurden. Sie konnten dadurch moderne Betriebe neu errichten oder alte modernisieren. Das war kein fairer Wettbewerb."

Auf der Nachbarterrasse konnte ein Ehepaar diese Unterhaltung mitverfolgen. Der Mann mischte sich jetzt ein: „Das ist aber nur die halbe Wahrhat. Ihr im Westen habt ja viele Jahre lang die Zonenrandförderung bekommen und nach der Wende eure Betriebe runtergewirtschaftet."

Diese Stimme kam Hansen bekannt vor. Er ging zur Nachbarterrasse, wo Ingo Balzer aus Thale mit seiner Frau Monika gemütlich frühstückte. Hansen begrüßte sie freundlich, konnte sich aber eine Bemerkung nicht verkneifen: „Müssen sich denn Ost und West im Urlaub schon beim Frühstück in die Haare kriegen? Sie wissen doch genau wie ich, dass es nicht stimmt, wenn sie sagen, alle Betriebe im Westen wurden runtergewirtschaftet."

Der Förster wollte die Situation entspannen und lud seine Nachbarn ein sich nachmittags bei Kaffee und Kuchen näher kennenzulernen.

Nachdem sich die Balzers zum Strand verabschiedet hatten, sagte er zu Hansen: „Im Grund hat ihr Bekannter ja Recht. Wir hatten in Braunlage nach der Wende einen großen wirtschaftlichen Aufschwung mit über 1,3

Millionen Übernachtungen. Heute haben wir nicht mal die Hälfte. Viele Braunläger haben es versäumt, den erwirtschafteten Gewinn wieder in ihre Betriebe zu investieren. Auch fanden viele keine Nachfolger. Die Kinder oder Enkel wollten sich nicht die Mühe machen, rund um die Uhr in einem Hotel oder Restaurant zu schuften. Stattdessen bevorzugten sie einen nine to five Job mit freien Feiertagen und Wochenenden."

Hansen wollte lieber die politischen Diskussionen meiden. Er fragte den Förster, ob ihm bei Balzers Einsprache dessen sprachliche Besonderheit aufgefallen sei. Balzer verwandte als typischer Harzer für das -ei- in Wahrheit ein a. Also Wahrhat.

Der Förster schmunzelte: „Diesen Dialekt finden sie auch im Westharz. Echte Harzer maden das ei."

Die Einladung, nachmittags am Gespräch teilzunehmen, schlug Hansen aus. Er hatte Wichtigeres zu tun, als sich mit den Problemen anderer zu befassen. Er lieh sich ein Fahrrad und genoss die Weite des Meeres, die Ruhe, den leichten Rückenwind und die warme

Sonne. Im Nu erreichte er die ehemalige Hallig Helmsand . Hier war er allein mit dem Meer. Er legte sich auf den Rasen des Deiches und ließ seine Gedanken wie die Möwen und Wolken fliegen. Ohne ihnen eine Richtung vorzuschreiben. Sollte sie der Zufall steuern. Er war gespannt, mit welchen Erlebnissen und Einsichten sie zu ihm zurückkehren würden.

Dabei schlief er ein. Im Traum kamen zwei Tauben auf ihn zugeflogen. Eine graue Taube und eine weiße. Als er sie näher betrachten konnte, erkannte er in der grauen Taube seine Frau Conny und in der weißen die Rechtsanwältin Ingrid Wahl, mit der er in Prerow eine Affäre hatte. Die graue Taube flatterte hektisch mit den Flügeln und gurrte unentwegt. Die weiße Taube saß ruhig zu seinen Füßen. Als Hansen die weiße Taube greifen wollte, löste sie sich in Nichts auf. Worauf die graue Taube davonflog. Hansen wachte verschwitzt auf. Was sollte das bedeuten? Sollte er beide Tauben verlieren, nur weil er sich nicht entscheiden konnte? War das die Bedeutung seines Traumes?

Er konnte diesen Gedanken nicht weiter folgen. Das Telefon rief ihn in das Hier und Jetzt zurück. Sein Revierleiter hatte schlechte Nachrichten: „Du musst deine Auszeit unterbrechen. Wir brauchen dich hier dringend. Wir hatte in einer Woche zwei Morde. Komm so schnell du kannst. Das ist keine Bitte sondern eine dienstliche Anweisung."

Irgendwie war Hansen erleichtert. Er hatte zwar diese Klausur selber gewählt, konnte aber nicht viel mit der ersehnten Einsamkeit und Ruhe anfangen. Er sagte zu, innerhalb von vier Stunden im Revier zu sein.

3.Der neue Fall

Hansen parkte seinen Volvo vor dem Quedlinburger Polizeirevier. Er hatte keine Zeit, sich an dem Knistern des sich abkühlenden Motors zu erfreuen. Mit großen Schritten stürmte er in das Dienstzimmer des Revierleiters. Drei Stunden von Büsum nach Quedlinburg, immer Vollgas. Er hatte die linke Spur mit der Lichthupe geräumt, wenn sie ein

Oberlehrer als pädagogische Maßnahme mit 120 Km/h blockierte.

Bei einer Pinkelpause sabbelte ihn der Linke - Spur-Erzieher voll. Hansen hatte keine Lust, sich mit dem Trottel zu unterhalten. Diese Typen waren beratungsresident. Obwohl der sich mit einem Doktortitel vorgestellt hatte. Hansen ging zu dessen alten Opel Omega, nahm den Zündschlüssel und warf ihn mit Schwung auf die Wiese. Grinsend sagte er dem verdatterten Herrn, dass er freie Fahrt benötige, da er als Kriminalbeamter dringend zu einem Kapitalverbrechen muss. Und wenn er den Bremser noch einmal beim Terror auf der linken Spur erwische, sei er seinen Führerschein wegen Amtsbehinderung los.

Der Revierleiter hatte schon auf seinen Leiter der Mordkommission gewartet. Er sagte mit einem versteckten Lächeln, dass ihn vor wenigen Minuten ein Doktor Kühne angerufen habe. Der hat sich über Hansen beschwert, weil er dessen Zündschlüssel weggeworfen habe. Die Familie musste Stunden warten, bis eine Pannenhilfe mit einem neuen Schlüssel aushelfen konnte. Hansen knurrte nur: „Der hat das nicht anders gewollt. Für wen hält sich dieser Arsch, für einen Richter, der entscheidet, wer schnell fahren darf und wer nicht?"

Der Revierleiter winkte nur ab: „Geschenkt. Mir war schon klar, dass du diese Erziehungsmaßnahme nicht ohne Grund angewendet hast. Ich will von dir auch nicht verlangen, dass du Derartiges in Zukunft unterlässt. Das machst du sowieso nicht. Aber wir haben Wichtigeres zu tun. Kommen wir zu den beiden vermutlichen Tötungsdelikten."

Er bat die Sekretärin, für ihn und Hansen starken Kaffee zu machen und beide Polizeibeamte setzten sich an den großen Tisch im Beratungsraum. Dort hatte der Revierleiter das bereits vorhandene Material ausgebreitet. Hansen nahm einen Stapel Fotos: „Wisst ihr schon, wer diese Männer waren?"

Revierleiter: „Der mit den schwarzen Haaren ist Achim Sens. 35 Jahre alt, wohnt mit seiner Familie in Stecklenberg. Wir haben ihn gestern unterhalb der Roßtrappe gefunden. Er hat da eine Weile gelegen. Unsere Rechtsmediziner schätzen den Todeszeitpunkt auf sieben Tage vorher, also Mittwoch."

Hansen: „Was wisst ihr über die Todesursache. War es ein Suizid?"

Revierleiter: „Todesursache war ein Genickbruch. Er ist offensichtlich von der Roßtrappe gestürzt. Ob es ein Suizid war können wir noch nicht sagen. Aber ausschließen wollen wir es auch nicht."

Hansen: „Und das zweite Opfer?"

Revierleiter: „Das ist Egon Matke. 43 Jahre alt. Mitarbeiter in der Stadtverwaltung Thale. Wohnt in Thale auf den Höhen. Hat dort ein Haus gebaut."

Hansen: „Und weiter, lass dir doch nicht jedes Wort aus der Nase ziehen. Wie ist er zu Tode gekommen?"

Revierleiter: „Das war eine ganz bizarre Kiste. Er ist aus einer Seilbahngondel gefallen. Ebenfalls Genickbruch. Das ist gestern passiert. Mehrere Zeugen haben den Sturz gesehen. Es gibt von dem Sturz sogar ein Video. Ein Tourist hat das zufällig mit der Handykamera aufgenommen."

Hansen: „Könnte zwischen den beiden Fällen ein Zusammenhang bestehen? Gab es zwischen Matte und Sens Verbindungen beruflicher, familiärer oder gesellschaftlicher Art?"

Revierleiter: „Soweit sind unsere Recherchen noch nicht gediehen. Der Achim Sens arbeitete als Mechaniker in einer Fabrik in Warnstedt. Berufliche Verbindungen können wir damit wohl ausschließen. Ansonsten wird es deine Aufgabe sein, Indizien für einen Zusammenhang beider Verbrechen zu finden.

Hansen: „Das ist genau mein Problem. Bei der Aufklärung von Kapitalverbrechen sind die ersten 48 Stunden für die Polizei die wichtigste Zeit. 24 Stunden sind bereits vergangen Ich mache mich sofort an die Arbeit."

Hansen hatte fürs erste genug erfahren.

Die Kollegen hatten ihr Bestes gegeben, aber das war für diese Fälle nicht genug. Sein Bauchgefühl meldete sich. Wie immer unterhielt er sich laut mit seinem Bauch.

Hansen fragte: „Was willst du? Ist dir etwas Ungewöhnliches aufgefallen?" Sein Bauch reagierte: „Das stinkt doch bis zum Brocken. Dass dein Bauchgefühl sich meldet ist doch völlig berechtigt." Hansen provozierte: „Gib nicht so an. Was soll schon Besonderes sein. Was Besonderes hat doch jeder Fall."

Sein Bauch antwortete: „Das stimmt, aber diesmal ist es besonders besonders. Warum sollten innerhalb weniger Tage zwei Männer durch einen Sturz ins Bodetal ums Leben kommen. Das ist kein normaler Mordfall, wo eine Frau ihren Mann mit Gift um die Ecke bringt, weil er sie schlägt, vergewaltigt und demütigt."

Hansen: „Danke, Klugscheißer. So schlau bin ich auch. Ich denke, ich muss mich primär um die Motive für diese Tötungsdelikte kümmern. Und zweitens muss ich nach Verbindungen zwischen den beiden Opfern suchen. Denn diese Morde waren kein Zufall, der Täter oder die Täter hatten eine Rechnung mit ihren Opfern zu begleichen. Ich muss sofort mit den Familien und Kollegen der Opfer sprechen, um den Motiven und Verknüpfungen auf die Spur zu kommen."

„Alles Okay bei dir?", Heinz Ottos Stimme holte Hansen wieder in die Realität zurück.

Hansen: „Ach du bist es Heinz." Hansen freute sich, dass Kommissar Otto auftauchte. „Du kennst doch hier jeden Zweiten. Waren dir die Opfer bekannt?"

Diese Frage war Balsam für Ottos Seele. Er litt immer noch unter den Folgen seiner Mordver- dächtigungen in Prerow. Obwohl der Täter überführt worden war, blieb noch ein schaler Geschmack zurück. Nämlich, dass Otto als Kommissar überhaupt verdächtigt worden war und zudem mehrere Tage in U–Haft eingesperrt worden war, hatte seinem Selbstwertgefühl enorm geschadet.

Otto wurde von Hansens Frage nicht überrascht. So gut kannten sie sich durch die gemeinsame Arbeit, dass Otto wusste, dass Hansen ihn nach seinen Insiderkenntnissen fragen würde. Er hatte sich deshalb, ohne Hanses Anweisung abzuwarten, schon mit den Opfern beschäftigt.

„Fangen wir mal mit Egon Matke an",
Kommissar Otto rückte umständlich seine
Brille zurecht. War mit deren Sitz nicht
zufrieden, nahm sie ab, um sie zu putzen.
Setzte sie wieder auf die Nase. Hansen kannte
diese umständlichen Versuche der
Selbstdarstellung. Er fiel deshalb Otto ins
Wort: „Ist ja gut, mein hochverehrter Kollege.
Wir wissen ja alle, dass du ein neuer
Brillenträger bist. Soll ich dieses alberne Ding
einziehen, damit du endlich mit dem
gebotenen Ernst bei der Sache bist?"

Otto war verschnupft. Sollte er sich das bieten
lassen. Der Hansen, dieser arrogante Arsch,
soll nur nicht glauben, dass er mit ihm,
Kommissar Heinz Otto, machen kann was er
will. Demonstrativ legte er seine neue Brille auf
Hansens Tisch: „Bitte sehr, Herr Hauptkommissar, da haben sie die Brille. Ich muss
mir auch nicht alles von dir bieten lassen."

Otto hatte ja Recht. Hansen wollte ihn doch
nicht mobben. Er nahm deshalb Ottos neues
Repräsentationsobjekt und setzte es mit
größter Sorgfalt auf dessen Nase: „Bitte sehr,
mein Bester, die Brille steht dir wirklich richtig

gut. Und das ist die Wahrheit, keine Verarschung."

Otto wusste zwar immer noch nicht, ob Hansen ihn nicht doch verarschte oder nicht. Er beließ es aber dabei und begann seinen Rapport: „Egon Matke ist mir nicht persönlich bekannt. Ich weiß aber, dass er Mitarbeiter in der Thalenser Stadtverwaltung war. Er leitete das Personalbüro. In dieser wichtigen Funktion hat er sehr enge Verbindungen zum Bürgermeister Dr. Jens Kunze. Sie scheinen aber keine privaten Beziehungen zu haben. Das soll darin liegen, dass sich die Frauen nicht grün sind. Kunze soll mal eine Affäre mit Matkes Frau gehabt haben. Das ist der Frau Bürgermeister wohl bekannt geworden und seitdem hasst sie die Matke."

Hansen hatte sich Notizen gemacht: „Na, das ist doch schon was. Wichtige Informationen. Was weißt du vom Tathergang?"

Otto: „Da gibt es ja dieses offiziöse Video. Ein Urlauber hatte zufällig mit seinem Smartphone die Seilbahn aufgenommen, als Egon Matke aus der Gondel stürzte."

Hansen beugte sich angespannt nach vorn: „Du meinst wohl ominöses Video. Ach Heinz, du mit deinen Fremdwörtern. Lass es doch einfach sein. Hast du das ominöse Video schon gesehen?"

Otto: „Aber sicher doch."

Hansen: „Und war Mattke allein in der Gondel?"

Otto: „Nein, allein in der Gondel war er nicht. Man kann die zweite Person aber nicht erkennen. Es könnte ein Mann gewesen sein. Sicher kann ich das aber nicht sagen."

Hansen: „Dann sorge bitte dafür, dass die Kollegen von der KTU das Video bekommen. Die können hoffentlich noch mehr aus dem Material rausholen."

Otto: „Ist schon passiert. Morgen kriegen wir den Bericht!"

Hansen stand auf und reckte sich wie ein Kater nach dem Mittagsschlaf. Das war keine schlechte Arbeit von Otto. Der Mann hatte sich gut entwickelt. Aus dem peinlichen Dorfpolizisten war ein souveräner Ermittler geworden. Das war in erster Linie Hansens Verdienst. Für Hansen stand fest, dass beide Fälle miteinander verbunden waren. Vermutlich war es derselbe Täter. Die besten Erfolgsaussichten sah er beim Gondelsturz. Deshalb sollte dieser Fall zuerst untersucht werden. Der zweite Fall „Roßtrappe" wird sich vermutlich in diesem Zusammenhang von selber lösen.

Er wies Otto an, die Befragung der Familie zu übernehmen. Er selber wollte die Gespräche im Rathaus führen.

Das Rathaus lag im neuen Zentrum der Stadt. Der ehemalige große Güterbahnhof war überflüssig geworden, weil mit dem Eisen- und Hüttenwerk die bedeutendste Industrie der Stadt verschwunden war. Es war nicht die schlechteste Entscheidung, dieses Sahne-grundstück einem Investor anzuvertrauen, um dort mehrere Supermärkte und Einzelhandelsgeschäfte, Wohnungen und ein neues Rathaus zu errichten.

Dass dieser Plan erfolgreich umgesetzt werden konnte, war ein Glücksfall. Nicht in allen Orten der Region hatten sich Investoren als solide

Manager erwiesen. Nicht selten kam es vor, dass sie Grundstücke kauften, ohne sie jemals bezahlen zu wollen oder zu können. Sie hatten nur die lukrativen Standorte sichern wollen, um sie mit möglichst großem Spekulationsgewinn zu vermarkten.

In der Nachbarstadt Blankenburg war solch eine Gruppe von Scharlatanen aufgetaucht,, mit der Absicht, unter dem pompösen Namen „Planet Harz, einen gigantischen Golfplatz mit Folgeeinrichtungen zu errichten. Das blieb ein Luftschloss.

Hansen betrat das neue Rathaus und wurde sofort von der Dame am Empfang in seinem Vorwärtsdrang gebremst. Sie war nicht direkt unfreundlich, aber doch von einer Art, dass sie sich ihrer Bedeutung bewusst war. „Halt junger Mann, wo wollen sie hin?", rief sie, als Hansen sich im Foyer umsah. Hansen fand, dass sie das nichts anging. Er hatte auf der Informationstafel schon entdeckt, wo er den Bürgermeister finden kann. Er scherte sich deshalb nicht um die Fragerin, sondern lenkte seine Schritte in Richtung Treppenhaus.

Doch bei dieser Aktion hatte Hansen die Einsatzbereitschaft der Empfangsdame unterschätzt. Wie ein Kater auf der Flucht flitzte sie zur Treppenhaustür und blockierte Hansens weiteres Vorankommen. Hansen war das zu blöd: „Bitte machen sie den Weg frei. Ich bin Hauptkommissar Hansen und muss sofort den Bürgermeister sprechen."

Die Empfangsdame war damit nicht zu überwinden. Sie fragte schroff: „Haben sie einen Termin?" Hansen knurrte nur: „Aber gewiss doch." Und war damit die Dame los. Ohne sich mit Klopfen aufzuhalten, öffnete er forsch die Tür, auf deren Schild „Bürgermeister Dr. Jens Kunze" stand.

Damit war er aber noch nicht im heiligen Bereich angekommen. Sondern er betrat das Vorzimmer, wo eine weitere weibliche Barrikade auf ihn wartete. Hansen stand einer sehr jungen, sehr blonden und sehr dekorativ gekleideten Dame gegenüber. Ein Typ Frau, der Hansen absolut nicht zusagte. Er war der Auffassung, dass die Erscheinung der Vorzimmerdamen sehr viel über den

Geschmack und das Niveau ihrer Chefs aussagten.

Nun hatte Hansen aber das Funktionieren des Hausfunks unterschätzt. Die Vorzimmerdame des Bürgermeisters war von seinem Kommen informiert worden. Offensichtlich von der Dame am Empfang. Das Avis war wohl nicht so übel ausgefallen, denn die Sekretärin begrüßte ihn nicht nur freundlich, sie beugte sich auch so einladend über ihren Schreibtisch, dass Hansen in den Tiefen der offenen Bluse Beachtliches erblicken konnte. Sie flötete: „Guten Tag Herr Kommissar. Der Bürgermeister Dr. Kunze erwartet sie im Konferenzzimmer." Damit stand sie auf und stöckelte vor Hansen zum erwähnten Raum.

Dort wurde er von einer Gruppe Männer erwartet. Der Jüngste stellte sich als Bürgermeister vor, ohne seinen Doktortitel zu benutzen. Weiter anwesend waren der persönliche Referent des Bürgermeisters, der Leiter des Ordnungsamtes und der Wirtschaftsförderer der Stadt.

Diese Männeransammlung missfiel Hansen. Er wollte den ersten Mann der Stadt alleine sprechen. Die anderen Pappnasen konnte er bei Bedarf immer noch konsultieren. Wie es seine Art war, trug er seine Forderung auch sofort und unmissverständlich vor, woraufhin die Herren, einem Wink ihres Chefs folgend, murrend den Raum verließen.

Hansen hatte am Tisch Platz genommen und ließ sich mit seiner ersten Frage Zeit. Er wusste über diesen jungen Doktor nur wenig. Seine Wahl zum Bürgermeister war noch nicht lange her. Er hatte das Rennen mit großem Abstand zum Konkurrenten gewonnen. Alle waren des Lobes voll über diesen klugen und eloquenten jungen Rechtsanwalt. Verbreitet war die Meinung, dass das Thalenser Amt nur eine Zwischenstation auf dessen Weg zum Staatssekretär, wenn nicht sogar Minister war.

Hansen war durch diese öffentliche Meinung nicht zu beeindrucken. Er wollte sich sein Bild selber machen. Vorerst war der junge Doktor für ihn ein unbeschriebenes Blatt

Die beiden Alphamänner gaben sich ruhig und gelassen. Der Bürgermeister war, trotz seines jungen Alters, ein cleverer Mann. Er wusste, dass er jetzt Hansen das erste Wort überlassen sollte. Schließlich wollte der was von ihm, und nicht umgekehrt.

Der Bürgermeister war sich im Zusammenhang der beiden Todesfälle keiner Schuld bewusst. Er hätte deshalb gut und gerne auf dieses stille Kräftemessen verzichten können und den Kommissar mit ein paar freundlichen Worten begrüßen können. Aber das vermögen Alphatiere nicht so einfach. Wenn sie zum ersten Mal einem anderen Leitwolf begegnen, müssen sie sofort und für alle Zukunft ihre Duftmarke setzen.

Hansen ließ den Bürgermeister schmoren. Er sah ihm teilnahmslos in die Augen. Das dauerte mehrere Minuten. Dann zückte Hansen ohne Eile sein Notizbuch und fragte: „Sie können sich denken, weshalb ich hier bin?" Der Bürgermeister machte ein möglichst gelangweiltes Gesicht: „Keine Ahnung. Ich denke sie werden es mir gleich sagen."

Das hatte gesessen. Die erste Runde ging an den Bürgermeister. Aber nicht mit Hansen. Der ließ sich mit einer Antwort Zeit und setze dann seinen wirkungsvollen Schlag: „Wie, dass ahnen sie nicht? In ihrer Stadt sind in den letzten Tagen zwei Männer ums Leben gekommen, davon einer ihrer Mitarbeiter. Und da können sie es sich nicht denken, weshalb der Leiter der Mordkommission sie befragen muss?"

Hansen hatte den Bürgermeister bloßgestellt und damit provoziert. Kunze wollte Hansen keine weiteren Treffer ermöglichen. Er schaltete von Angriff auf Abwehr und nahm seine Deckung hoch. Er sagte gelangweilt: „Natürlich weiß ich von den Todesfällen. Aber das muss ja nicht zwangsläufig dazu führen, dass der Ermittler mit dem Bürgermeister sprechen muss. Ohne Terminabstimmung wohlgemerkt. Ich meine, jeder von uns hat seine Verpflichtungen. Ich als Bürgermeister muss dem Wohl der Stadt und ihren Bürgern diesen. Es wäre deshalb sehr in meinem Interesse, wenn sie sich kurzfassen könnten. Ich habe mehr als genug Arbeit."

Damit hatte er den Bogen überspannt. Hansen hatte schon ganz andere Kaliber geschluckt. Er erhob sich und sagte: „Selbstverständlich respektiere ich die Bedeutung ihres hohen Amtes. Ich erwarte sie morgen um 10.00 Uhr zur Befragung im Quedlinburger Revier." Damit ging er betont langsam durch die Tür.

Kunze konnte, nachdem die Tür hinter Hansen ins Schloss gefallen war, nicht mehr an sich halten. Jähzornig wie er war, warf er den erstbesten Gegenstand an die Tür. Es war ein Ehrenpokal der Thalenser Fußballer, die in ihren besten Jahren in der Oberliga der DDR spielen durften. Der Pokal war aus Glas und zersprang in tausend Stücke.

Das Schicksal meinte es mit dem Wirtschaftsförderer Dr. Keiner nicht gut, als es ihn gerade in diesem Augenblick die Tür öffnen und die blödeste aller möglichen Fragen stellen ließ: „Was ist denn hier los? Welcher Trottel hat denn den Ehrenpokal der Fußballer, unser aller Stolz, zerbrochen?"

Kunze konnte sich nicht beherrschen. Dieser Vollpfosten ging ihm schon lange auf die Nerven. Der brachte einfach nichts zustande. Das einzige was er vorbringen konnte, waren Bedenken. Wenn sich schon mal ein Investor für die Stadt meldete, hatte Dr. Keiner nichts Besseres zu tun, als ihm Knüppel vor die Beine zu werfen. Seiner Tätigkeit lag ein Grundirrtum zu Grunde. Er betrachtete sich nicht als Diener der Wirtschaft, sondern als deren Kontrolleur. Für ihn war die Stadtverwaltung eine Machtzentrale, und kein Dienstleistungszentrum.

Kunze hatte mehr als einmal versucht, Dr. Keiner von seinem Irrtum zu befreien.

Vergebens. Er brüllte ohne jede gute Umgangsform Dr. Keiner an: „Ja was wollen sie denn schon wieder. Hatte ich ihnen nicht verboten, so ohne Anmeldung und ohne anzuklopfen mein Zimmer zu betreten. Sie Dr. Trottel!"

Dr. Keiner zuckte ängstlich zusammen. In zusammenhanglosen Wortfetzen stotterte er, dass er Kontakt zu einem Investor für Tennishallen bekommen hätte. Der interessiere sich auch für den Standort Thale. Kunze schlug die Hände vor Gesicht: „Nein, nicht schon wieder diese Tennisaffen. Der wievielte Großinvestor ist das nun, den sie mir anschleppen. Bisher alles Luftschlösserbauer und Spekulanten. Sie kommen mir erst wieder mit diesen Tennisheinis, wenn die eine wasserdichte Bankfinanzierung für ihr Projekt vorweisen können."

Dr. Keiner zuckte zusammen, blieb aber im Raum. Er war jedoch unfähig, zu sprechen oder zu verschwinden. Er stand einfach da und stierte zu Boden. Kunze nörgelte: „Ja, was ist denn nun. Sie können gehen." Dr. Keiner verließ nur widerwillig das Zimmer. Er ging in den Clubraum und entnahm dem Getränkeautomaten eine Flasche Wasser.

Außer ihm war noch der Leiter des Ordnungsamtes Hannes Grund da. Er bemerkte, in welcher Verfassung Dr. Keiner war. Das weckte so etwas wie Mitleid in ihm. Obwohl er zu denen gehörte, die Dr. Keiner für eine absolute Flasche hielten, die völlig fehl am Platze war. Er konnte sich nicht verkneifen, Keiner zu fragen: „Geht es ihnen nicht gu?. Kann ich ihnen helfen?"

Dr. Keiner war von seinen Kollegen Zuspruch und Trost nicht gewohnt. Er griff deshalb nach diesem Strohhalm menschlicher Wärme und sagte: „Ich komme gerade von Herrn Dr. Kunze. Ich wollte ihm mehrere Investoren nennen, die ich rangeschafft habe. Aber dazu ist es nicht gekommen, weil der Pokal kaputt war."

„Welcher Pokal?", fragte Grund.

Dr. Keiner: „Der Fußballpokal:"

Grund: „Und was hat das mit Investoren zu tun? Haben die den Pokal zerdeppert?"

Dr. Keiner: „Das weiß ich nicht."!

Grund: „Aha, so, so. Und um welche Investoren handelt es sich, die sie angeblich rangeschafft haben?"

Dr. Keiner: „Um Meiers Bumsreisen."

Grund: „Ich verstehe eben gerade mal nichts. Welche Bumsreisen?"

Dr. Keiner: „Na das Reisebüro Meier veranstaltet für Kegelklubs Busreisen. Immer Männer und Frauen getrennt. Die machen dann ein Kegelspiel und anschließend wird gebumst. Davon hätten unsere Hotels und Gaststätten viel, das bringt Umsatz, noch und noch."

Grund: „Aber wir haben doch keine Kegelbahn."

Dr. Keiner: „Ach so?"

Grund verließ kopfschüttelnd den Raum. Auf dem Flur lief er dem Bürgermeister über den Weg. Dem passte dieses zufällige Zusammentreffen. Er sprach seinen Ordnungsamtsleiter und guten Freund, soweit ein Narzisst wie Kunze Freunde haben kann, an: „Du hast doch einen Kumpel bei der Quedlinburger Kripo. Otto heißt der wohl. Kannst du mal auf den Busch klopfen, was der Hansen will. Oder anders gesagt, ob der uns Ärger machen kann. Am Wochenende ist CDU-Landesparteitag. Ich möchte für den Landtag aufgestellt werden. Da kann ich jetzt keinen Skandal gebrauchen."

Grund war mal wieder genervt. Immerzu kam dieser Trottel von Bürgermeister mit solchen schrägen Anliegen zu ihm. Als ob er dessen Geheimagent war. Er sah überhaupt nicht ein, dass er diesem Jüngelchen mit dem Backpfeifengesicht derartige Hilfestellungen gewähren sollte. Er wäre sehr gerne an dessen Stelle Bürgermeister geworden. Wurde Zeit, dass der hier verschwand und er seinen Patz einnehmen konnte. Im Guten wie im Schlechten. Hauptsache weg. Er murmelte so etwas wie: „Wird gemacht Chef." In Wahrheit wollte er erst prüfen, wie er dem Bürgermeister am besten Schaden konnte. Solche Gelegenheiten gab es nicht oft. Er durfte diese Chance, den Bürgermeister loszuwerden, nicht ungenutzt verstreichen lassen.

Hannes Grund wollte nach Quedlinburg fahren und dort recherchieren, wie Otto und Hansen in den vermeintlichen Mordfällen vorgingen. Er kam aber nicht vom Parkplatz, weil ein großer, silbergrauer Mercedes die Ausfahrt versperrte. Er kannte den Besitzer dieser großen S - Klasse Limousine. Sie gehörte dem

Stadtrat Ingo Balzer, einem einflussreichen Thalenser Unternehmer.

Ingo Balzer war der Thalenser Königsmacher. Ohne ihn und schon gar nicht gegen ihn konnte Hannes Grund seine Karrierepläne verwirklichen. Er verzichtete deshalb darauf, seinen Weg frei zu hupen. Statt dessen stieg er aus und fragte die Pförtnerin, wo er Balzer antreffen könnte. Die wies mit der Hand zur Treppe: „Na wo schon?" natürlich beim Bürgermeister. Grund ging zum Zimmer des Bürgermeisters und wollte schon zaghaft anklopfen. Dann verzichtete er aber darauf, die Herren zu stören und setze sich wartend auf die Flurbank.

4. Zeugen

Kommissar Otto parkte seinen betagten Opel auf der Einfahrt zu Matkes Haus. Es war eine der Neubauten, die sich Wendegewinner mit belastbaren Einkommensverhältnissen leisteten. Architektonisch war damit kein Preis zu gewinnen. Die Häuser waren so langweilig wie ihre Architekten und Besitzer. Die in konservativem Stil errichteten Häuser entstanden im Baugebiet auf den Höhen. Da es in Thale viel zu wenig Baugrundstücke gab, hatte der Bauträger keine Schwierigkeiten, die teuren Billigbauten zu vermarkten. Allerdings entschädigte die Lage etwas, denn die kleinen Grundstücke boten eine schöne Aussicht auf das Harzer Vorland.

Frau Matke hatte Otto schon kommen sehen. Otto fiel es immer wieder schwer, den Angehörigen schlechte Nachrichten zu überbringen. Wie nicht anders zu erwarten war, kannte er Frau Matke von der Schule. Nicht aus derselben Klasse. Otto war etwas älter. In einer spontanen Geste nahm Otto die Witwe in die Arme und sprach ihr Trost zu. Was bei Matkes Frau wieder Tränen auslöste. Sie bot Otto in der Küche Stuhl und Kaffee an, was Otto dankend annahm. Er wusste, dass es für die Angehörigen beruhigend wirkte, wenn er ihnen was abnahm.

So saßen sich die beiden schweigend am Küchentisch gegenüber. Otto rührte in seinem Kaffee so heftig, dass die braune Brühe überschwappte und einen großen Fleck auf dem Tischtuch hinterließ. „Macht nichts", unterbrach Frau Matke das Schweigen, „ist ja Wachstuch, das wische ich nachher weg."

Otto kramte umständlich sein Notizbuch aus seiner alten braunen Aktentasche und begann die Befragung: „Sag mal Gerda, warum ist Egon mit der Seilbahn gefahren? Was wollte er auf der Hexe?"

Frau Matke zuckte nur mit den Schultern: „Das kann ich so genau nicht sagen."

Otto: „Dann weißt du wohl auch nicht, wer mit ihm in der Seilbahn fuhr?"

Kopfschütteln.

Otto hatte ein Einsehen mit dem emotionalen Zustand der Witwe. Am liebsten hätte er die Befragung abgebrochen und die arme Frau getröstet. Doch das wäre ihm nur früher passiert. Jetzt war er Profi genug um zu wissen, dass die Ermittler die ersten Stunden und Tage nicht verplempern dürfen, weil sie besonders wertvolle Zeit darstellen. Je länger der zeitliche Abstand zum Verbrechen wird, umso schlechter sind die Chancen, den oder die Täter zu überführen.

Otto ging deshalb ohne Überleitung zur Hauptfrage über: Wer könnte ein Motiv gehabt haben, Egon zu ermorden. Wenn es denn Mord war, wovon wir eigentlich ausgehen ."

Frau Matke fing an zu schluchzen: „Er war doch so ein lieber Mann und Vater. Alle mochten Egon. Er konnte doch keiner Fliege etwas zu leide tun."

Kommissar Otto begriff, dass er mit der Frau in dieser Verfassung nicht weiterkommen würde. Er stand auf und verabschiedete sich. Vor dem Haus blieb er stehen und sah nach, welche Nachbarn Matkes hatten. Da er keinen von ihnen kannte, drückte er einfach einen Klingelknopf. Es dauerte nicht lange, da stand ein Mann im üblichen Thalenser Outfit vor ihm. Die olivgrüne Jogginghose hing ihm in den Kniekehlen und war reichlich bekleckert. Oben trug er ein T-Shirt mit der Aufschrift Bier hat diesen edlen Körper geformt. „Was issen", quetschte er heraus. Otto kannte den Mann nicht, sonst hätte er woanders geklingelt. So entschied er spontan, dem Kerl ein „Entschuldigung, habe mich geirrt" zu geben. Es war ohnehin bald Dienstschluss. Und so fuhr

Otto mit dem alten Polizeiopel davon, ohne wirklich was erreicht zu haben.

Hansen war es genauso mit dem Bürgermeister ergangen. Die Männer verabschiedeten sich deshalb für den Tag und hofften für morgen auf mehr Erfolg.

Menschen haben es so an sich, dass sie mit dem Sonnenaufgang auch neue Energien und Hoffnungen tanken. Sie laden ihren Akku auf, um mit frischem Mut sich den Herausforderungen zu stellen.

Hansen und Otto kamen gegen 8.00 Uhr in die Dienststelle. Sie wurden dort vom Chef der KTU schon erwartet. Er war persönlich gekommen, um den Kollegen der Mordkommission die Ergebnisse bei der Untersuchung der Videoaufnahmen zu erklären. Es versteht sich, dass Hansen und Otto sehr gespannt waren.

Die Kriminaltechniker hatten die Aufnahmen so gut es ging vergrößert und störende Faktoren weitgehend beseitigt. Die Kripobeamten waren beeindruckt, wie ausgezeichnet das gelungen war. Die

Videoaufnahmen der Smartphones hatten eine Qualität erreicht, wie sie vor Jahren nur hochwertige und sündhaft teure Kameras erzielen konnten. Der Kriminaltechniker bemühte sich, bei Hansen und Otto Verständnis für die moderne Videotechnik zu wecken: „Wir haben heute eine Auflösung der Smartphone Kameras von 1920x 1080 Pixel. Das sind 2 Millionen Bildpunkte und entspricht der full HD Qualität. Durch diese hohe Bildpunktdichte können wir Aufnahmen viel stärker vergrößern als früher mit der analogen Videotechnik. Das VHS - System bot lediglich 720x 576 also 414 000 Bildpunkte. Das waren 20 % des heutigen digitalen Standard."

Hansen war nicht der größte Interessent für technische Sachverhalte. Er begriff aber wenigstens, worum es ging. Otto hingegen verstand nur Bahnhof. Er war den technischen Erläuterungen nur mit halbem Ohr gefolgt und hatte sich lieber auf die vergrößerten Aufnahme konzentriert. Plötzlich stutzte er: „Das gibs doch nicht. Gucke mal hier." Er wies mit dem Finger auf eine Stelle des Monitors. „Diese Mütze kenne ich doch. Wenn die nicht dem Hannes Grund gehört, fresse ich einen Besen."

Hansen sah sich das vergrößerte Bild genau an: „Sieht aus wie eine Prinz - Heinrich - Mütze. Helmut Schmidt trägt diese Mützen auch sehr gerne. Eigentlich immer. Wir Hamburger nennen sie auch Schmidt - Mütze."
„Sag ich doch, die Mütze trägt hier nur einer, Hannes Grund", triumphierte Otto. Aber Hansen wiegelte ab, dass bedeutete erst mal gar nichts. Diese Mützenart war nicht selten. Aber Otto solle mal den Hannes Grund befragen. Vor allem nach seinem Alibi.

Die drei Männer hatten fürs Erste genug gesehen. Auch auf der stark vergrößerten Ansicht konnten sie die zweite Person in der Gondel der Seilbahn nicht identifizieren. Mit relativer Sicherheit wurde lediglich bestätigt, dass nur zwei Personen in der Gondel waren. Der abgestürzte Matke und der Mann mit der Mütze. Es wurde auch nicht ersichtlich, ob Matke aus der Gondel sprang, sozusagen als Selbstmörder, oder ob die zweite Person ihn gewaltsam in die Tiefe stieß. Oder, was auch nicht auszuschließen war, dass es sich um einen Unfall handelte. Obwohl das wohl die unwahrscheinlichste Variante war.

Eins aber konnte mit Sicherheit gesagt werden: Der Zeitpunkt, an dem das Unglück geschah. Es geschah am Sonnabend, den 6. September um 15.31 Uhr.

Kommissar Heinz Otto war davon überzeugt, dass es sich bei der zweiten Person um Hannes Grund mit der Schmidt – Mütze handelte. Er fuhr deshalb direkt zu dem Verdächtigten nach Hause. Das Haus lag im Ortsteil Benneckenrode, etwas außerhalb des urbanen Gebietes der Stadt. Die Häuser in Benneckenrode waren von 1933 bis 1937 als Wohnsiedlung für die Hüttenbeschäftigten geplant und errichtet worden. Die kleinen Häuschen boten wenig Platz und Komfort. Nach der Wende erfreuten sie sich einer längst überfälligen gründlichen Modernisierung. Trotz ihrer kleinen Wohnfläche waren die Häuschen sehr beliebt, weil ihre ruhige, naturnahe Lage manchen Mangel an Größe und Komfort wettmachte.

Hannes Grund hatte sein Haus vor einigen Jahren gekauft. Der Makler hatte ihm nicht alle

Geheimnisse des alten Gebäudes verraten. Und so bekam Hannes Grund mehr Arbeit und Kosten als erwartet. Auch an diesem Sonnabend war er mit der Trockenlegung des Kellers beschäftigt und der lästigen Arbeit entsprechend schlecht gelaunt.

Als Otto an der Klingel des vergammelten Gartentores läutete, bekam er sofort eine Abreibung verpasst. Was er denn am freien Wochenende vom Amtsleiter wolle. Das hätte doch gewiss Zeit bis zum Montag.

Mit dieser Begrüßung hatte Otto nicht gerechnet. Dieses selbstbewusste bis arrogante Auftreten Grunds passte überhaupt nicht zum Status des Verdächtigen, den Otto ihm gegeben hatte. Otto wiegelte erst einmal ab: „Nun mach mal halblang", sagte er. „Ich habe wohl einen Grund, um dich am heiligen Sonnabend zu stören. Immerhin geht es um den Tod eines Kollegen von dir. Da muss ich dich stören dürfen."

„Na wenn das so ist", lenkte Grund ein, „setz dich erst mal hin. Was kann ich für dich tun?"

Otto war nun doch etwas gehemmt. Er kannte Hannes Grund schon sehr lange und sollte ihn nun in einem Tötungsdelikt nach seinem Alibi fragen. Also stellte er sich naiv und schlich sich von hinten an: „Sag mal Hannes" begann er scheinheilig, „wie bist du eigentlich zu deiner Mütze gekommen. Ich meine die Prinz – Heinrich - Mütze. Die hast du doch schon so lange, bestimmt noch vor der Wende."

Hannes Grund lachte: „Du bist doch nicht am Sonnabend zu mir nach Hause gekommen, um dich nach meiner alten Mütze zu erkundigen. Nun rück schon mit der Sprache raus. Ihr braucht mein Alibi. Stimmts. Ich erfahre alles."

Otto reagierte sauer: „Mir ist schon klar, dass in Thale die Ohren Wände haben."

Hannes Grund lachte noch lauter: „Ne mein lieber Heinz, du sollst doch vorsichtiger sein bei der Verwendung von Sprichwörtern und Fremdwörtern. Es muss richtig heißen, die Wände haben Ohren. Nicht umgekehrt. Obwohl, so dumm hört sich das gar nicht an. Die Ohren haben Wände. Das trifft auf viele Ohren zu. Zumindest auf die meiner pubertierenden Söhne."

Er rief nach seiner Frau und bat sie, für ihn und Otto Kaffee zu bringen. Otto begann zu begreifen, dass er sich mal wieder tüchtig blamieren würde. Und richtig. Hannes Grund hatte ein belastbares Alibi. Er war zur fraglichen Zeit in der Magdeburger Landesregierung bei einer Beratung der Ordnungsamtsleiter.

Aber Otto wäre nicht Otto, wenn er sich die Frage verkniffen hätte, ob Hannes denn noch andere Männer kenne, die diese spezielle Mütze tragen. Hannes Grund wurde es nun doch zu bunt. Er stand auf, gab Otto die Hand und sagte: „Ja, Helmut Schmidt. Du findest ihn in Hamburg."

Heinz Otto kochte vor Wut. Er knallte die Tür seines rostigen Dienstopels so kräftig zu, dass sie sich aus ihren Scharnieren löste und scheppernd auf die Straßenpflasterung fiel. Diese Demonstration seiner Unbeherrschtheit wurde vom Ehepaar Grund und deren Nachbarn mit Beifall und Bravorufen begleitet. Hannes Grund rief ihm noch zu: „Ich an deiner Stelle würde das Personal der Seilbahn befragen. Die können dir bestimmt besser helfen als ich."

Otto reagierte beleidigt: „Ja was glaubst du denn, wo ich jetzt hinfahre." Mit Vollgas brauste er davon. Die Autotür ließ er auf der Straße liegen.

Bürgermeister Dr. Jens Kunze konnte nicht anders. Er wollte eigentlich 15 Minuten später erscheinen, stand dann aber doch pünktlich um 10.00 Uhr vor Hansens Büro. Hansen begrüßte ihn sehr freundlich. Schon etwas übertrieben freundlich, fand Kunze. Aber was solls, er musste mit der Polizei kooperieren. Das wurde von ihm als Bürgermeister erwartet. Außerdem war es für die Entwicklung des Tourismus sehr schädlich, wenn in Thale derartige bestialische Verbrechen passierten.

Hansen hatte auch nicht viel zu fragen. Er wollte lediglich wissen, ob ihm bekannt sei, dass Matke Feinde hatte. Immerhin war er städtischer Angestellter, da wäre das ja auch für den ersten Mann der Stadt wichtig. Aber Kunze konnte dazu nichts Konkretes beisteuern.

Die zweite Frage Hansens an den Bürgermeister betraf den Grund, weshalb

Matke mitten in der Dienstzeit mit der Seilbahn gefahren war. Gab es dafür dienstliche Gründe? Kunze versprach, sich darum zu kümmern. Damit war er entlassen. Das Gespräch hatte keine zehn Minuten gedauert. Hätte Kunze sich schon in der ersten Begegnung der beiden Alphatiere kooperativ gezeigt, hätte er sich diesen Termin am Sonnabend sparen können. Den Hahnenkampf mit Hansen hatte er ohnehin verloren. Was solls.

An einem Wochenende im September wie diesem, mit strahlendem Sonnenschein, herrschte an der Seilbahn Hochbetrieb. Otto kam also sehr ungelegen. Das Personal stammte aus Thale. Sie kannten Otto besser als ihm lieb war. Der Leiter des Seilbahnteams machte sich sofort über Otto Auto lustig: „ Na Heinz, bist wieder wie ein Wilder mit 20 Sachen gerast? Hast du deine alte Karre mit diesem Höllentempo nicht überfordert?"

Diese respektlose Äußerung fand viele Lacher, nicht nur unter dem Personal. Otto war eigentlich derartige Verarschungen gewohnt. Schon in der Schule war er der Klassentrottel. Aber jetzt war er Kommissar und damit hatten die alten Kumpel gefälligst seine hohe Dienststellung zu respektieren. Sie verarschten ja nicht nur ihn, sondern mit ihm die Polizei als Ganzes. Was zu viel war, war zu viel. Erst ließ ihn Hannes Grund auflaufen, dann passierte das Malheur mit der Autotür und nun kam ihm diese Trottel von Seilbahndirektor auch noch dumm. Otto tat das, was er nur äußerst selten tat. Er explodierte vor Wut. Er zog seine Dienstwaffe, entsicherte sie und befahl dem Teamleiter, sich zur Feststellung der Personalien an die Hauswand zu stellen. Mit ausgestreckten Armen und gespreizten Beinen. Um ihn nach Waffen abzutasten.

Der so disziplinierte Mann war nun doch erschrocken. Man war nicht gewohnt, dass Otto sich wehrte. Otto beendete das Abtasten und kontrollierte sehr langsam die Papiere. Den Mann ließ er an der Wand stehen. Otto begann die Sache Spaß zu machen. Hätte er eigentlich schon eher mal machen sollen. Er beendete die Personenkontrolle und fragte den Mann, wann er hier Feierabend hätte. Um 17.00 Uhr. Gut, Otto erwartete ihn danach im Quedlinburger Revier. Und pünktlich solle er sein. Das war kein Spaß, sondern eine dienstliche Vorladung.

Otto parkte sein demoliertes Auto um 16.15 Uhr auf dem Hof des Polizeireviers. Er hatte gut zu Mittag gegessen. Frikadellen mit Kartoffelbrei. Und sich anschließende noch von seiner Frau verwöhnen lassen. Das hatte sonnabends Tradition. Nach dem guten Mittagessen gab es guten Sex. Er durfte sich immer aussuchen, was er gerne erleben mochte. Seine Frau verstand es, ihm die sexuelle Eintönigkeit einer langen Monogamie zu versüßen. Heute hatte er seine Erika auf den Küchentisch vernascht. Mein Gott, war er dabei in Fahrt geraten. Das sollte er sich bald wieder gönnen.

Sein Chef, der Leiter des Polizeireviers, konnte sein Wochenende noch nicht genießen. Auf ihn wartete eine unangenehme Verpflichtung. Ein Kollege hatte sich einer rechtsradikalen politischen Gruppe angeschlossen und er musste mit ihm heute eine Disziplinar-maßnahme durchführen.

Immer wieder diese Nazis. Kam denn das deutsche Volk mit diesem Thema nicht zur

Ruhe. Immer wieder schossen die alten Hitleranhänger aus dem Hinterhalt und missbrauchten die Jugend. Da waren ihm Kollegen wie Kommissar Otto lieber. Nicht die hellsten Kerzen am Kranz, aber ehrlich, fleißig und humanistisch.

Er ging zu Otto, um ihm ein paar lobende Worte zu sagen. Das war wichtig. Polizisten sind auch nur Menschen und als solche brauchen sie Anerkennung. Mit Erstaunen registrierte er, dass Otto ohne Fahrertür vorfuhr. Warum ist das passiert? Otto log nur ein bisschen. Die Tür sei einfach so abgefallen. Das Auto sei sehr alt, schon 15 Jahre. Der Rost habe auch kein freies Wochenende und er Tacho stehe auch schon bei 500.000 Kilometer.

Es wurde für Otto doch noch ein Glückstag. Sein Revierleiter übergab ihm spontan die Schlüssel für einen neuen dreier BMW. Mit Turbodiesel und 180 PS. Otto hätte seinen Chef küssen können. Er konnte sich aber beherrschen. Er tat so, als sei das die normalste Sache der Welt und entfernte sich höflich, aber nicht ohne sich herzlich zu bedanken.

Gegen 17.30 Uhr klingelte der Mann von der Seilbahn an der Tür des Reviers. Otto hatte den Dienstabenden beauftragt, den Mann mindestens 15 Minuten schmoren zu lassen. Rache kann so süß sein. Schließlich bequemte sich Otto zur Tür und sagte knapp, bitte folgen sie mir. Er hatte sich für die Sie – Form der Anrede entschieden, um seine Bedeutung zu betonen. Obwohl sich die beiden Männer seit dem Kindergarten kannten. Aber Freunde waren sie nie. Otto hatte stets unter den Hänseleien und Rangeleien des kräftigeren Schulkameraden zu leiden gehabt. Jetzt tickten die Uhren anders.

Otto ließ den Mann vor seinem Schreibtisch stehen, während er es sich in seinem Sessel bequem machte. „Ich bin mit der Aufklärung mehrerer Morde als stellvertretender Leiter der Mordkommission befasst", begann er die Befragung. „Sie werden davon schon gehört haben. In diesem Zusammenhang suchen wir auch nach Zeugen und Spuren unter den Mitarbeitern ihrer Seilbahn. Denn das spätere Mordopfer benutzte zum Tatzeitpunkt die Seilbahn und stürzte aus einer Gondel in einer Höhe von 250 Metern ab. Und kam dabei zu

Tode. Haben sie oder ihre Mitarbeiter irgendwas gesehen oder gehört, was uns bei der Ermittlung der Täter voranbringen könnte?"

Der Seilbahnchef: „Nö."

Otto: „Wie nö, sie müssen doch was bemerkt haben."

Der Befragte: „Ja hätten wir gewusst, dass hier bald ein Mord passiert, hätten wir uns entsprechend aufmerksam verhalten. Aber du weißt ja, wir haben täglich hunderte Besucher. Da kann man nicht auf alles und jeden achten."

Otto war von der vollkommen unzureichenden Hilfsbereitschaft des Mannes überrascht. Der weiß nichts oder will nichts wissen. Aber so konnte Otto Hansen nicht gegenübertreten. Der würde ihm gehörig die Leviten lesen, weil er sich gegen seinen Schulkumpel nicht behaupten konnte.

Otto war ratlos. Da kam der Revierleiter, um sich von Otto zu verabschieden. Er hatte den Schluss der Befragung mit angehört. Er setzte sich auf einen der Stühle und sagte ganz ruhig: „Na klar, sie hatten viel um die Ohren.

Vielleicht ist das alles zu viel für sie. Ich kenne den Inhaber der Thalenser Seilbahnen sehr gut. Wir sind zusammen im Lyons - Club. Er leistet mit seinen Investitionen einen hervorragenden Beitrag für die Entwicklung des Tourismus und damit für die Schaffung guter Arbeitsplätze in unserer Stadt. Ich werde mit ihm reden, dass er ihnen hilft, eine Beschäftigung zu finden, die sie nicht so überanstrengt, dass sie der Polizei nicht bei der Aufklärung eines Mordes unterstützen können."

Der Mann wurde bleich und begann zu stottern: „Ganz so ist es ja auch nicht. Ich will schon gerne helfen. Soll der Kommissar mich ruhig fragen."

Otto: „Ist ihnen an diesem Nachmittag ein Mann mit Schmidt Mütze aufgefallen. Sie wissen schon so ein wie Hannes Grund hat?"

Der Befragte: „Nö."

Otto: Ist ihnen irgendetwas Anderes, Ungewöhnliches aufgefallen?"

Der Befragte: „Ja schon, da war eine Frau im Trachtenlook."

Otto: „Na, das ist doch nichts Ungewöhnliches. Wir sind hier im Harz, da Tragen die Frauen nun mal gerne Trachtenkleider."

Der Revierleiter hatte die Befragung r verfolgt. Er griff nun erneut ein: „Hat denn die Seilbahn eine Videoüberwachung. Das ist doch heute Standard."

Der Befragte: „Ja, haben wir."

Otto zuckte zusammen. Welche Blamage. Darauf hätte er auch kommen können, ja müssen. Er sprang spontan aus seinem Sessel und forderte den Zeugen auf, mit ihm sofort zur Seilbahn zu fahren um das Video zu holen. Der Mann sagte ruhig: „Müssen wir nicht hinfahren. Habe ich mitgebracht."

Jetzt wurde es auch dem Revierleiter zu bunt. Er ließ sich die Videokasetten geben. Dann rief er nach dem Diensthabenden und befahl, den Seilbahnmitarbeiter wegen der Behinderung der polizeilichen Ermittlungen und des Verdachts auf Beweisvereitelung bei der Aufklärung eines Kapitalverbrechen vorläufig unter Arrest zu stellen.

Der Revierleiter übergab Otto die Videoaufzeichnungen und verabschiedete sich mit den Worten: „Sehen sie sich das Material zusammen mit Hauptkommissar Hansen an. Ich erwarte morgen früh ihren Bericht."

Für Hansen und Otto wurde es ein langer Arbeitstag. Nachdem sich der Revierleiter verabschiedet hatte, informierte Hansen Otto über die Ergebnisse seiner Recherchen. Wie er richtig befürchtet hatte, wollte Hansen die Videoaufzeichnungen von der Seilbahn sofort sehen. Da half es auch nicht, dass Otto dezent darauf hinwies, dass es Samstagabend war und im Fernsehen das Fußballländerspiel übertragen wurde. Hansen interessiert sich nicht für Fußball und bei einer Mordermittlung hatte er dafür sowieso keine Zeit.

Hansen brachte Pizza und Bier mit, was Otto etwas entschädigte. Gespannt verfolgten sie das von den Videokameras festgehaltene Geschehen auf dem Gelände der Seilbahn. Gegen 15.00 Uhr kam ein Mann im blauen Trenchcoat. Otto erkannte sofort Egon Matke. Der Mann hatte es offenbar sehr eilig, denn er drängelt sich in der Warteschalge vor, nachdem er dem Aufsichtsführenden etwas gesagt hatte. Er bestieg eine der Gondeln. Das Gerät war schon im Anfahren, als eine Frau im Trachtenlook die Tür der Gondel aufriss und hineinsprang.

„Da", Hansen wies auf den Monitor. „Keine Schmidtmütze. Eine Dame im Trachtenlook war mit Matke in der Gondel. Die Haube der Frau erschien uns auf dem Handyvideo wie eine Männermütze mit Schirm. So kann man sich täuschen,"

Hansen ließ das Video zigmal laufen. Immer wieder dieselbe Stelle, wo die Frau im Trachtenlook auftauchte und in die Gondel stieg.

„Wir müssen unsere Recherchen vorrangig auf zwei Fragen konzentrieren", sagte er zu Otto. „Erstens, wer ist die Frau im Trachtenkostüm, zweitens, was wollte sie von Matke. Der wusste offensichtlich nicht, dass die in seiner Gondel mitfahren wollte. Sonst wäre er nicht ohne sie losgefahren. Wir holen uns den Mann von der Seilbahn und zeigen ihm die

Aufnahmen. Vielleicht kennte er ja diese ominöse Frau."

Es war inzwischen 21.00 Uhr. Otto wäre zu gerne nach Hause gefahren. Aber Hansen duldete keinen Zeitverzug. Er rief nach dem Diensthabenden, und ließ den Mann von der Seilbahn aus dem Arrest holen. Hansen bemühte sich sehr um einen freundlichen Ton. Schließlich wollte er was von dem Zeugen. Wenn er ihn brüskierte, erfährt er eher weniger als mehr. Die Kooperations- bereitschaft von Zeugen kann man nicht nur mit Druck verbessern. Er hielt mehr von emotional und kognitiv getragener Mitarbeit. Er fragte deshalb zuerst, ob er dem Mann etwas anbieten kann. Zu Trinken, Rauchen oder Essen. Der Mann bat um eine Flasche Bier. Hansen schickte Otto zur nächsten Tankstelle, um das gewünschte Getränk zu holen. Der Mann war von dieser Geste offensichtlich angetan. Den als Hansen ihm das Video vorspielte, schaute er sehr aufmerksam hin. „Kennen sie diese Frau im Trachtenkostüm", fragte Hansen, „ Ist sie ihnen schon mal begegnet, oder ist ihnen an ihr etwas Besonderes aufgefallen?"

Der Mann zögerte mit einer Antwort: „Spontan würde ich sagen, sie kommt mir bekannt vor. Ich weiß aber nicht, wo ich sie schon mal gesehen oder getroffen habe. Ich habe so ein Gefühl, als ob mit dieser Person etwas nicht stimmt. Aber mir fällt nicht ein, was es ist."

Otto gähnte demonstrativ: „Mit irgendwelchen Gefühlen und Ahnungen könne wir aber nichts anfangen. Wir brauchen hieb- und stichfeste Zeugenaussagen."

Hansen schüttelte nur mit dem Kopf: „Was soll das. Willst du den Zeugen manipulieren. Mindestens die Hälfte unserer Erfolge verdanke ich meinem Bauchgefühl."

Damit beendete er die Befragung und Otto konnte endlich zu seinem Länderspiel. Leider zu spät, Deutschland hatte wieder mal verloren.

5. Stärken und Schwächen

Cornelia Hansen war noch wach, als ihr Mann endlich die Haustür aufschloss. Sie hatte ihm ein leichtes Abendessen hingestellt. Sein Lieblingsbier stand gut gekühlt auf dem Tisch. Hansen freute sich über diese liebevolle Geste seiner Conny. Sie nahm ihm offensichtlich nicht übel, dass er vor ein paar Tagen einfach abgehauen war und keinen mehr sehen wollte. Selbst seine Frau und seinen Sohn nicht. Sie fragte ihn, ob sie sonst noch was für ihn tun könnte. Ansonsten würde sie jetzt ins Bett gehen. Hansen bat sie, noch ein paar Minuten Zeit für ihn zu opfern. Er wollte ihr gern das Video zeigen, auf dem eine Frau im Trachtenkostüm zu sehen ist. Sie kenne ja viele Frauen in Thale.

Conny war sehr verständnisvoll und hilfsbereit. Die beiden Morde gingen ihr mächtig aufs Gemüt. Sie verfolgte die Videoaufzeichnung sehr konzentriert. Hansen sah sie fragend an: „Kennst du diese Frau?"

Conny: „Sie kommt mir irgendwie bekannt vor. Ab er ich kann dir nicht sagen, woher ich sie kenne."

Hansen: „Das sind fast dieselben Worte, wie sie der Mann von der Seilbahn gebraucht hatte. Irgendwie bekannt, aber nicht genau wissen woher und auch nicht wissen wer das ist."

Conny: „Genauso empfinde ich das auch. Kann ich die Aufnahmen noch einmal sehen?"

Hansen: „Besser nicht. Dafür ist morgen noch Zeit genug. Leg dich bitte schlafen, ich brauche noch ein halbes Stündchen, um runter zu kommen."

Conny: „Ich kann auch noch keine Ruhe finden. Nicht nur wegen der mysteriösen Todesfälle. Auch nicht wegen uns. Ich wollte dich damit heute eigentlich nicht belasten. Aber ich kann nicht anders. Hast du über uns nachgedacht Liebst du mich noch?"

Hansen wurde durch diese Frage nicht überrascht. Er konnte es seiner Frau nicht verübeln, dass sie eine Antwort von ihm erwartete, die für ihr Leben und das Leben ihres gemeinsamen Sohnes so überaus wichtig war. Aber war er schon so weit, sich zu entscheiden? Er war Zweiundfünfzig und hatte ein aufregendes und kampfreiches Leben hinter sich. Frauen hatte er mehr als genug gehabt. Er wollte schon etwas mehr Beständigkeit und Häuslichkeit. Doch das hieß nicht, dass sich dieser Wusch eines Mannes in den besten Jahren nur in Verbindung mit

Conny und Ole verwirklichen ließ. Ole war auch nicht das Problem. Er liebte diesen kleinen Rabauken von ganzem Herzen. Ole konnte das Zünglein an der Waage sein. Aber er durfte auch nicht dazu führen, dass Hansen bei er Bindung an Conny unvertretbare Kompromisse einging.

Conny hatte geduldig auf seine Antwort gewartet. Er hatte gar nicht bemerkt, dass er längere Zeit geschwiegen hatte. Wenn er die Uhr richtig las, wohl um die zehn Minuten. Hansen holte für sich ein Weinglas und öffnete eine Flache Pino Noir, Connys Lieblingswein. Er stieß mit seiner Frau an.

Ruhig, nach den richtigen Worten suchend, bemühte er sich, ihr seine Probleme verständlich zu machen: „Es ist nicht die Frage, ob ich dich liebe oder nicht. Ich liebe dich so wie ich vor dir keine andere Frau geliebt habe und ich kann mir auch nicht vorstellen, dass ich jemals eine andere so lieben kann wie dich."

Conny atmete erlöst auf. Tränen rannen übe ihr schönes Gesicht. Hansen nahm ihre Hand: „Doch damit ist nicht alles geklärt und entschieden. Wir sind jetzt seit fünf Jahren verheiratet. Damit ist der Alltag in unser Leben eingezogen. Du hast deine Stärken und Schwächen, wie ich auch. Die Frage ist, können wir mit diesen Stärken du Schwächen auf Dauer, also für immer leben, oder besser nicht. Denn ändern können wir uns nicht. Dass hat nichts mit einer anderen Frau zu tun. Ich würde dich ja nie gegen eine andere austauschen. Die Frage ist mehr, ob ich der richtige Mann für unsere Ehe bin, oder ob ich allein bleiben sollte."

Hansen stand auf: „Lass uns jetzt schlafen gehen. Mehr kann ich noch nicht sagen." Nach einer flüchtigen Abendtoilette kuschelte sich Conny ganz eng an ihren Horst. Der spürte ihre weiche Haut und atmete ihren Duft. Wie von selbst tauchten sie ein einen See voller Zärtlichkeit, der sie mit weichem Wassern durch die Nacht trug.

Der Morgen danach begann für Hansen mit seinem Lieblingsfrühstück. Dazu gehörten starker Milchkaffee, gute Butter zwei Spiegeleier, Nutella und frische Brötchen. Er nahm das sehr wohl als liebevolle Geste seiner Frau zur Kenntnis. Sie hatte sich bereits angezogen und geschminkt. Sie sah gut aus und duftete noch besser als der Kaffee. „Weißt du, Horst", unterbrach sie das morgendliche Schweigen, was sie mit vielen Ehepaaren teilten , „ich habe heute Nacht viel über deine schöne Liebeserklärung nachdenken müssen. Du sagst, dass du mich sehr liebst, aber ich auch Schwächen hätte, die ich nicht ändern könnte. Ich möchte das nicht so hinnehmen. Lass uns doch mal über dieses Thema unterhalten. Wollen wir nicht aufschreiben, welche Stärken und Schwächen wir bei dem Partner kennen. Und welche uns stören. Ich bin keine Psychologin, aber eine reife Frau. Ich hoffe, dass uns dieser Schritt der Offenheit voranbringen kann."

Hansen war von dieser Idee spontan sehr angetan. Er schlug vor, dass sie am nächsten Wochenende eine Kurzurlaub machen, am besten mit dem alten Erdbeerkörbchen.

Dieser Vorschlag rührte Conny zu Tränen. Sie interpretierte das aus gutem Grund als ernsthaftes Bemühen ihres Mannes, ihre Eheproblem zu überwinden. Allerding war sie realistisch genug, um zu wissen, dass dieser

Kurzurlaub bei dem derzeitigen Arbeitsaufwand ihres Liebsten reine Utopie war. Aber danach würde sie ihn in die Pflicht nehmen.

Die Kommissare Hansen und Otto betraten zeitgleich die Dienststelle. Hansen begann die Dienstberatung mit einer Zwischenbilanz. Was wissen wir, was vermuten wir, was machen wir schrieb er mit großen Buchstaben an die die schwarze Wandtafel. Ein Relikt aus DDR – Zeiten, aber die Kommissare wollten sich nicht davon trennen. Sie begannen die Spalte eins auszufüllen. Hansen resümierte: „Wir kennen die Namen der Opfer, den Todeszeitpunkt, den Tatort und die Todesursache."

Otto versuchte sich an Spalte zwei: „Wir vermuten eine Serientäterin, und zwar eine Frau im Trachtenkostüm."

Otto war damit am Ende seines Lateins. Hansen übernahm deshalb wieder die Regie: „Ich vermute, dass die Täterin im Trachtenlook gar keine Frau, sondern ein Mann war. Ihre Haltung, ihre Statur und ihr gang sprechen eindeutig dafür. Ich vermute weiter, dass der Täter die Morde inszeniert hat, um einerseits

Aufmerksamkeit zu erzeugen, andererseits aber von sich abzulenken. Es waren keine Morde aus niederen Beweggründen, wie wir hemmungslose Eigensucht bezeichnen, sondern demonstrative Morde. Als Hauptmotiv vermute ich Rache."

Kommissar Otto war beeindruckt: „Wie du das wieder analysierst, Hut ab. Da wäre ich nie draufgekommen."

Hansen nahm das Lob gelassen entgegen: „Der Hauptfaktor für den Erfolg unserer Ermittlungen ist, dass wir das Tatmotiv herausfinden. Und dafür ist am wichtigsten, sich in die Lage des Täters zu versetzen. Nennen wir es mal kriminalistische Empathie."

Otto: „Und welches Motiv vermutest du in unseren beiden Fällen?"

Hansen: „Genau das ist die Frage, auf die wir uns konzentrieren müssen. Damit wäre ich bei der dritten Spalte."

Er nahm die Kreide und schrieb: „Gab es zwischen den Opfern Gemeinsamkeiten. Oder wurden die Opfer zufällig ausgesucht. Welche Rolle spielte das Harzer Brauchtum. Wurde die

Verkleidung zufällig gewählt, oder will uns der Täter damit etwas sagen. Woher kommt das Kostüm Das ist jetzt enorm wichtig. Du machts dich gleich daran, die Kostümfrage mit allen zu beraten, die von Relevanz sind. Und noch eins, ein Foto von dem Frau/mann im Kostüm sofort in der Presse und im Ortsfernsehen der Öffentlichkeit zur Kenntnis gegen. Mit der Bitte um Hinweise jeglicher Art."

Otto nahm Haltung an: „Jawohl Herr Hauptkommissar. Kommissar Otto meldet sich ab."

„Moment", Hansen unterbrach Ottos Auftritt, „das ist kein Anlass, um Späßchen zu machen. Mir ist noch mehr aufgefallen, was ich gerne mit dir besprechen möchte. Sieh dir doch mal das Video von der Überwachungskamera an. Das Gesicht kann man leider nicht erkennen. Das heißt, der Mann wusste von der Existenz der Kamera und hat sich so verhalten, dass man die Figur erkennen konnte. Das wollte er offensichtlich. Er duldete aber nicht, dass man sein Gesicht sehen kann."

Otto hatte die Aufnahmen konzentriert betrachtet. Er sagte: „Mir fällt auf, dass die

Figur im Trachtenkostüm flache Schuhe trägt. Das nennt man Schlüpfer. Männer haben so etwas nicht an den Füßen."

Hansen: „Man nennt diese Schuhform Slipper. Schlüpfer sind Unterwäsche. Da stimmt schon, was du sagst. Normal wären Hackenschuhe. Damit kann der Mann aber nicht gehen. Deshalb hat sich der Täter für Slipper entschieden. Die Schuhe sind auch nicht groß, der Mann war eher klein, aber dicklich. Wir suchen also einen Mann ca. 165 cm groß, dicklich mit kleinen Füßen."

Otto ganz aufgeregt: „Sieh mal der geht so komisch. Er zieht das linke Bein etwas nach, der linke Fuß geht auch stärker nach außen gedreht. Ich würde sagen, der Täter humpelt wie der Teufel."

Hansen: „Das kann aber Absicht sein, um uns in die Irre zu führen. Auf das Gangbild würde ich als relevantes Erkennungsmerkmal nicht so viel Wert legen."

Otto war beeindruckt. Was sein Chef alles sah und wusste. Die Bezeichnung ‚relevantes Erkennungsmerkmal' notierte er sich sofort.

Das konnte er bei seinen Recherchen gut verwenden und damit Eindruck schinden. Die Leute sollten sich noch wundern. Er konnte schon mit Fremdwörtern umgehen. Relevant wie er war.

Von derartigen Gedanken beflügelt stieg Otto in seinen neuen Dienstwagen. Er startete den Motor und fuhr mit 180 PS und quietschenden Reifen Richtung Benneckenrode. Unterwegs fiel ihm ein, dass er sich mit Hansen nicht abgestimmt hatte, wer mit welchem Zeugen reden sollte. Macht nichts, jetzt wollte er sein neues Auto genießen. Eine kleine Biege sollte drin sein. Muss ja schließlich eingefahren werden, so ein moderner Turbodiesel.

Er fuhr in Quedlinburg auf die neue B6 und raste mit über 200 km/h Richtung Bad Harzburg. Gebannt verfolgte er den Tacho, 210, 220, 230 Sachen. Wunderbar. Plötzlich vernahm er einen derben Knall. Das Auto schlingerte, als hätte er eine Vollbremsung hingelegt. Hatte er aber nicht. Der Motor war kaputt. Nichts ging mehr. Otto war wie von Donner gerührt.

Aber was sollte er machen. Er bat seine Kollegen um Hilfe Der Fuhrparkleiter verdrehte nur die Augen, als ihn Ottos Anruf erreichte. Das konnte nur Otto passieren, einen neuen Wagen schrotten. Otto bekam vorerst seinen ausgeleierten Opel zurück. Bis der BMW repariert worden war.

Hansen entschied sich, die Familie des zweiten Toten in Stecklenberg zu besuchen. Der Fall Matke hatte Konturen bekommen. Die Videoaufnahmen besaßen großen Wert. Der Schlüssel zur Problemlösung war die Figur im Trachtenkostüm. Jetzt wollte er Frau Sens befragen. Bis Stecklenberg war es nur ein Katzensprung. Hansen lächelte in sich hinein Auch so eine blöde Bezeichnung für eine kleine Wegstrecke. Katzensprung. Wie weit springt eine Katze: Zwei oder drei Meter. Länger war der Weg nach Stecklenberg schon als ein Katzensprung. Er hielt an und fragte Google. Katzensprung sei eine bildliche Umschreibung für einen kurzen Weg. Na meinetwegen, dann soll es so sein. Bildhafte Sätze waren nicht eine Stärke, wenn andere das liebten, von ihm aus.

In Stecklenberg fragte er eine Frau nach dem Weg. Die überlegte, statt einer Antwort fragte sie, wen er besuchen wolle. Hansen kannte diese Eigenart der Harzer. Straßennamen kannten sie nicht, aber jeden einzelnen Einwohner. Wenn nötig auch dessen Autokennzeichen. Das war ein Zeichen ihrer Verwurzelung in ihrer Heimat, hatte mal ein kluger Deutschlehrer ihm verraten. Sie seien stolz darauf, in Stecklenberg, Ditfurt oder Friedrichsbrunn zu leben und dort geboren zu sein. Was hatten sie sonst, worauf sie stolz sein konnten. Fremde wurden als „Zugehuppte" bezeichnet. Und das blieben diese Menschen auf ewig. Auch noch nach hundert Jahren waren sie keine echten Einwohner, sondern nur „Zugehuppte".

Für einen Hamburger Weltbürger mag das eine niedliche Schrulle sein. Dahinter steckt aber mehr. Wenn Menschen schon ihre deutschen Nachbarn geringschätzen, weil sie nur „Zugehuppte sind. Wie sollen sie das multikulturelle Deutschland des 21. Jahrhunderts akzeptieren? Waren das nicht auch die Quellen, aus denen Nationalismus mit Fremdenhass genährt wurden.

Also fragte Hansen, wie er die Familie Sens finden könne. Nun wird den Harzern nachgesagt, dass sie verschlossen seien. Aber auch neugierig. Die um Auskunft Gebetene fragte deshalb sofort, ob er die Sens mit dem ermordeten Achim meine. Da schloss Hansen resignierend die Autoscheibe und fuhr aufs Geradewohl in den kleinen Ort. Bald traf er auf einen Ortsplan und konnte sich orientieren, ohne mit Fragen belästigt zu werden.

Das gesuchte Haus fiel durch eine frische Fassadenfarbe auf. Es war offensichtlich vor kurzem renoviert worden. Richtig, jetzt ent-deckte Hansen ein Schild: Ferienwohnungen zu vermieten. Er klingelte und wenig später öffnete sich die Haustür. Frau Sens meinte wohl, in Hansen einen Interessenten für ihre Ferienwohnungen vor sich zu haben. Sie bat ihn freundlich, mit ins Haus zu kommen. Was Hansen nicht Unrecht war. Dadurch musste er sein Anliegen nicht auf der Straße schildern.

Hansen war recht geruchsempfindlich. Ihm fiel sofort ein muffiger Geruch auf. Doch er genierte sich, danach zu fragen. Die Frau bat ihn auf die Veranda, wo sie ein kleines Büro unterhielt. Fragend sah sie Hansen aus entzündeten Augen an. Sie hatte viel geweint. Hansen stellte sich vor und bat um Informationen. Doch die Frau war nicht in der Lage, ihm zu antworten, Sie fing sofort wieder zu weinen an. Unter Tränen klagte sie ihr Leid, dass sie ihr Elternhaus seit Jahren renovieren und Ferienwohnungen ausbauen. 200.000 Euro Kredit habe sie dafür aufgenommen. Aber Feriengäste blieben aus. Sie selber habe keine Arbeit, sie müsse von der Vermietung der Wohnungen leben. Ihr Mann hatte bei als Mechaniker gut verdient. Aber damit sei ja jetzt Schluss. Sie wisse überhaupt nicht, wie es weiter gehen könne.

Hansen hatte der Frau verständnisvoll zugehört. Er würde sich wohl nie daran gewöhnen, das Leid der Angehörigen von Verbrechen zu erleben. Aber es half nichts, er konnte nicht wieder fahren ohne seine dringenden Fragen zu stellen. Was er sonst nie tat, er nahm tröstend die Hand der Witwe, fragte vorsichtig, ob sie das andere Opfer kenne. Die Frau schüttelte statt einer Antwort mit dem Kopf. Hansen gab sich damit nicht zufrieden und bat sie, noch einmal gründlich zu überlegen, ob es Verbindungen zwischen ihrem Mann Egon Matke gab. Eventuell waren sie in einem Verein. Die Fragen schienen die Frau zu beruhigen. Sie kam langsam zu sich und überlegte: „Achim war in der Freiwilligen Feuerwehr von Neinstedt und im Fußballverein Thale. Ich kann aber nicht sagen, ob Matke auch drin war,"

Immerhin, diese Informationen waren schon von Wert. Er musste jetzt noch die Mitglieder-verzeichnisse dieser Verein prüfen. Ob sowohl Matke als auch dort Mitglieder waren.

Jetzt musste er noch die schwerste aller Frage stellen. Sie war für viel Hinterbliebene eine Zumutung: „Können sie sich vorstellen, dass ihr Mann Feinde hatte, die ihm sogar nach dem Leben trachteten?" Es gab die erwartete Reaktion: „Aber mein Jens hatte doch keine Feinde. Er war der liebste Mensch den ich kenne."

Das sollte fürs erste reichen. Hansen entschloss sich, sofort zu Frau Matke zu fahren und ihr die gleichen Fragen zu stellen.
Die zweite Witwe konnte die Situation besser verkraften. Das mochte am Alter liegen. Oder

trog der Schein? Jedenfalls empfing sie Hansen freundlich und bot ihm Kaffee an. Was Hansen dankbar annahm. Er hatte von Otto wenig über dessen Befragung Frau Matkes erfahren und begann deshalb beim Punkt Null. Er holte die Fotos vom vermutlichen Täter im Trachtenkostüm aus seiner abgewetzten Aktentasche und bat die Frau, sich diese genau anzusehen, ob sie die Person kenne. Oder das Kostüm. Frau Matke gab sich große Mühe. Sie sah das Foto lange an und sagte: „Irgendwie kommt die Frau mir bekannt vor. Ich kann aber nicht sagen, woher."

Hansen: „Und das Trachtenkostüm?"

Das kommt mir schon eher bekannt vor. Sie müssen wissen, dass die Trachtenmode in der DDR so gut wie keine Rolle gespielt hatte. Nach der Wende wurde das Tragen von Trachten sehr populär. Jeder, der den erfolgreichen Macher spielen wollte, trug Trachten. Männer wie Frauen. Die Sachen waren nicht billig. Überall schossen die Modegeschäfte mit Trachtenkleidung aus dem Boden. Zu den erfolgreichsten dieser Branche gehörte das Blankenburger Modegeschäft. Ich vermute mal, dieses Kostüm wurde dort gekauft."

Na das war doch mal eine gute Spur. Hansen notierte sich den Fakt. Dann fragte er, ob sie Achim Sens kenne, das zweite Mordopfer.

Frau Matke verneinte. Woraufhin Hansen die Frage nach den Feinden ihres Mannes stellte. Frau Matke nahm auch dies schwierige Frage gefasst zur Kenntnis: „Mein Mann hat ja in der Stadtverwaltung gearbeitet. Da macht man sich nicht nur Freunde, wenn man nicht alle Wünsche und Forderungen der Bürger erfüllen kann. Oder wenn er sogar Strafen aussprechen musste. Wie sie wissen werden, war in der Stadtsanierung tätig. Da ging es sowohl um die Bewilligung von Fördergeldern als auch um die Durchsetzung des Denkmalschutzes. Aber ich kann keinen nennen, der meinen Mann gehasst hätte, oder ihn sogar umbringen wollte. Das ganz bestimmt nicht."

Hansen: „Gab es Verbindungen zwischen beiden Opfer. Frau Sens erzählte mir, ihr Mann wäre bei der Feuerwehr Neinstedt und in der Fußballtruppe von Thale aktiv gewesen. War ihr Mann da auch organisiert?"

Frau Matke: „Nein, mein Mann nicht. Er war nicht so der Vereinsmensch. Er war am liebsten für sich, wenn er frei hatte. „Lieber gehe ich angeln da unterhalte ich mich mit den Fischen", hat er immer gesagt. Die Pinkeln mir wenigstens nicht ans Bein."

Das hörte sich nicht gut an. Hatte da jemand resigniert? Für Hansen war es nichts Neues, dass Mitarbeiter/rinnen in der Verwaltung häufig unzufrieden mit ihrer Arbeit waren. In keinem anderen Bereich gab es so viele Beschäftigte mit Burnout Symptomen. Mobbing war an der Tagesordnung.

Sollte der Schlüssel zur Lösung der Verbrechen hier liegen, in den Verwaltungen? Hansens Ermittlerinstinkt schlug an. Er konnte regelrecht hören, wie sein Bauch anfing zu grummeln. Er musste jetzt dringend dieser Intuition folgen und mit Mitarbeitern der Stadtverwaltung reden. Aber mit wem? Den Bürgermeister zu konsultieren war zwecklos. Er konnte diesem affektierten Jüngelchen nicht vertrauen. Wen sonst? Da konnte bestimmt Kollege Otto helfen. Wo der nur abgeblieben war. Hansen hatte schon mehrfach versucht ihn mit dem Handy zu erreichen. Er nahm die Anrufe nicht an. Hansen telefonierte deshalb mit dem Revier, vielleicht wissen die, wo sich Otto aufhielt.

Vom Diensthabenden erfuhr er von Ottos Panne. Der Motor der teuren bayrischen Nobelkutsche war hinüber. Die Kollegen hatten Otto heimgeholt, dabei hatte der sein Handy im BMW vergessen. Der defekte BMW wurde von einer BMW Vertragswerkstatt abgeschleppt. Dumm nur, dass Ottos alter Opel schon verschrottet worden war. So hatte Otto nur die Wahl zwischen Fahrrad, Moped oder Privatauto. Otto entschied sich für seinen alten Freund Gustav, einen Trabant 601.

Der gebrauchte E Klasse Mercedes, den sich Otto gegönnt hatte, war schneller gerostet als sich Otto leisten konnte. Damit hatte er sein Vertrauen in die Qualität westdeutscher Autos verloren. Er musste sich von dem rostigen Wagen trennen und war zu keiner Ent-scheidung für einen anderen Westwagen imstande. So fuhr er wieder seine alten Freund Gustav. Ein ehrliches Auto, das nicht mehr verspricht als es halten möchte.

Hansen glaubte seinen Augen nicht trauen zu können, als Otto damit vorfuhr. Aber was solls, er brauchte dessen Ortskenntnisse und war gewohnt, dass Otto immer wieder eine Möglichkeit fand, sich gründlich zu blamieren.

Otto war um eine Antwort nicht verlegen, als Hansen ihn fragte, mit welchem Angestellten der Stadtverwaltung man im Vertrauen über das Betriebsklima im Rathaus sprechen konnte. Er befragte seinen Namensspeicher und schlug den Wirtschaftsförderer Dr. Keiner vor. Den kannte er schon seit der Grundschule. Hansen war es recht. Ein promovierter Mitarbeiter der Stadtverwaltung ließ eine erhebliche Intelligenz erwarten. Sie fuhren direkt ins Rathaus.

Sie trafen Dr. Keiner in seinem Büro an. Hansen inspizierte unauffällig den Raum. Er konnte von der Ausstattung einer Raumes Rückschlüsse auf dessen Inhaber ziehen. Jahrzehntelange Erfahrung zahlte sich aus. Das Büro des Wirtschaftsförderers hinterließ einen kalten, ungemütlichen Eindruck. Kein Blume, kein Bild. Nur einige Regale und ein Schreibtisch.   Dr. Keiner fühlte sich in seinem Büro anscheinend nicht wohl. Warum nicht, der Mann hatte doch einen tollen Job. Die Region Thale entwickelte sich wirtschaftlich und touristisch musterhaft. Das war doch auch sein Verdienst. Warum hängen keine Fotos von den Objekten, die er betrauet hatte. Das war Hansens erste Frage: „Wir hatte bisher noch keine Gelegenheit, uns kennenzulernen. Ihre Stadt nimmt eine dynamische Entwicklung. Welches ist denn ihr Lieblingsobjekt aus ihrer Förderküche?"

Dr. Keiner zuckte bei dieser Frage zusammen: „Ich bin nur ein kleines Zahnrad. Die Erfolge der Region Thale sind in erster Linie die Erfolge unseres Bürgermeisters Dr. Kunze." Er machte eine Pause, und wartete auf die Reaktion seiner Besucher. Aber Hansen sagte nichts. Otto sprang in die Lücke: „Ist ja richtig Norbert, mal davon abgesehen, hattest du ja auch große Anteile an den Erfolgen. Das wissen doch alle. Welches war denn deine Lieblingsinvestition?"

Dr. Keiner reagierte überraschend schnell auf Ottos Frage. Wie aus der Pistole geschossen kam die Antwort: „Das war ohne Zweifel der Rückbau der maroden Eisenhüttenindustrie und die Ansiedlung neuer Betriebe auf dem ehemaligen Hüttengelände."

„Na siehst du", sagte Otto freundlich, „und da gab es Bürgermeister Dr. Kunze noch nicht. Das hast damals du mit dem alten Bürgermeister Mathias Martens gemanagt."

Hansen hatte jetzt genug gehört. Er fragte direkt heraus, was ihm auf dem Herzen lag. Wie schätzte Dr. Keiner das Betriebsklima in der Stadtverwaltung ein. Die Antwort war mehr als enttäuschend. Dr. Keiner lobte den Bürgermeister über den grünen Klee und charakterisierte das Arbeitsklima als hervorragend. Dann bat er seine Besucher um Verständnis. Aber er könne ihnen nicht weiter zur Verfügung stehen, er habe einen Termin beim Bürgermeister.

6. Das Kostüm

Ottos nächste Aktion führte ihn nach Blankenburg. Mit seinem Gustav befuhr er lieber die alte Bundesstraße 6. Er glaubte fest daran, dass sein Gustav eine Seele hatte und wollte ihm nicht zumuten, auf der neuen B6 von den Westwagen gejagt zu werden.

Seine Ankunft in der Blankenburger Geschäftsstraße verursachte einen kleinen

Auflauf. Otto schämte sich nun doch etwas für seinen Gustav. Das wäre aber nicht nötig gewesen. Er hörte immer wieder freundliche Bemerkungen über seinen Trabi. Ein Mann seines Alters fragte: „Was ist es denn für'n Baujahr? Hat er auch einen Namen. Meiner hieß Rudi." Dermaßen in den Mittelpunkt des positiven Interesses zu stehen, war Otto nicht gewohnt. Es gefiel ihm aber. Er antwortete: „Meiner heißt Gustav. Ich fahre aber auch noch eine 230 Mercedes E Klasse. Mit dem Trabi zu fahren ist immer etwas Besonderes. Das ist ein Teil von uns. Den entsorgt man nicht einfach auf der Müllkippe. Das wäre ja, als wolle man die eigenen Kinder entsorgen."

Beifall brandete auf. Zustimmungsrufe erklangen. Dermaßen mit Lob versorgt, betrat Otto emotional gestärkt das Modegeschäft für Trachten. Die freundliche Verkäuferin erwies sich als Eigentümerin des Ladens. Sie gefiel Otto sofort zu 150 Prozent. Blonde Haare, schönes Dekolletee und nicht zu dünn, aber auch nicht zu dick. Verrückt, wie so ein Trachtenkleid die Präsentation des Hinterns verbessert. Obwohl, nötig hatte es die Frau nicht. Ihr Po war auch ohne Unterstützung durch das Kleid eine Sensation.

Die Frau war nicht von gestern. Sie hatte natürlich bemerkt, wie Otto scharf auf sie wurde. Sie machte sich den Spaß, und beugte sich tief über den Ladentisch., Otto konnte bis auf die Brustwarzen gucken. Sie säuselte: „Sie sind also der berühmte Kommissar Otto. Ihr Fall ist ja hier Gesprächsthema Nummer eins. Konnten sie den Verbrecher schon ermitteln?"

Otto: „Wir arbeiten auf Hochtouren daran. Deshalb bin ich auch zu ihnen gekommen. Sagt ihnen dieses Bild mit der Person im Trachtenkostüm etwas?"

Die Frau: „Was soll es mir denn sagen?"

Otto: „Na, uns interessiert ob sie das Kostüm kennen. Wurde es womöglich hier gekauft und sie kennen den Käufer?"

Die Frau gab sich erkennbar viel Mühe, Otto behilflich zu sein. Nachdem sie das Bild eine ganze Weile betrachtete hatte, sagte sie: „Also eins steht so fest wir die Teufelsmauer. Das Kostüm kenne ich. Es kommt von einer sehr bekannten bayrischen Manufaktur. Diesen

Artikel führe hier im Umkreis von 100 Kilometern nur ich."

Otto erfreut: „Prima, das hilft uns bestimmt weiter. Und den Käufer, können sie sich noch an den erinnern?"

Die Frau: „ Sie sprechen immer vom Käufer. Kostüme kaufen in der Regel Damen."

Otto: „Das ist es ja. Dieses Kostüm hat wahrscheinlich ein Mann gekauft."

Die Frau: „Nein, das ganz bestimmt nicht. Ich habe noch nie ein Kostüm an einen Mann verkauft. Aber was mir noch auffällt ist, dass die Person auf dem Foto für das Kostüm zu klein ist. Oder anders gesagt, das Kostüm ist der Person zwei Nummern zu groß. Ich schätze es auf XL, der Person würde aber Größe S passen."

Otto: „Das ist ja sehr interessant. Können sie sich an ein Frau erinnern, die Größe XL bei ihnen gekauft hat."

Die Frau: „Das sind nicht wenige. Trachtenmoden werden von den etwas älteren Damen gerne etwas großzügiger gekauft. Viele

Damen sind nicht mehr schlank, wenn sie die Fünfzig überschritten haben. Aber ich glaube jetzt das Kostüm zu erkennen. Es hat eine große, kräftige Dame aus Thale gekauft. Sie hat sich für eine Dominanz der Blautöne entschieden. Unsere Produkte kann man wie ein Auto konfigurieren. Dieses Kostüm gibt es nur einmal. Ich habe es verkauft, die Käuferin kommt aus Thale."

Otto war überaus gespannt. Würde er jetzt und hier die Fälle lösen. Er nahm noch einen tiefen Blick ins Dekolletee und fragte: „Und den Namen oder die Adresse, oder die Telefonnummer. Haben sie das da?"

Die Frau: „Nein, damit kann ich nicht dienen. Vielleicht hilft es ihnen, wenn ich mich erinnere, dass die Dame einen ungewöhnlich kräftigen Bartwuchs hatte. Die muss sich, glaub ich, bestimmt öfter als einmal im Jahr rasieren."

Beim Abendessen der Familie Hansen war immer was los. Dafür sorgte schon ihr Sohn. Ole war ein großer Liebhaber von Kinderwitzen, vermasselte aber jede Pointe. Im Kindergarten hatte er mal wieder einen

Witz aufgeschnappt, den er aber noch nicht verstand. Er fragte erst gar nicht, ob er einen Witz zum besten geben durfte, sondern legte mit vollem Mund los: „Es treffen sich zwei Tiere im Wald. Die kennen sich nicht. Fragt das kleine Tier: Wer bist denn du. Sagt das große Tier: Ich bin ein Maultier. Fragt das Kleine: Und warum heißt du so? Das Große sagt: Mein Papa war ein Esel, meine Mama eine Pferdefrau." Hier beendete Ole seinen Witz und lachte laut. Hansen fragte ihn. Weshalb er denn lache. Ole antwortete: „Weiß nicht, die Tanten im Kindergarten haben doch auch gelacht." Seine Mama sah ihn liebevoll an: „Du hast aber die Hauptsache vergessen Das Maultier fragte nämlich: Warum willst du das denn wissen Ameisenbär."

Jetzt musste auch Hansen lachen. Ole lachte aus Kameradschaft mit. Die Pointe würde er noch früh genug begreifen.

Nachdem Conny ihren kleinen Liebling zu Bett gebracht hatte, kuschelte sie sich neben Hansen auf die Couch. Sie fragte: „Wie war dein Tag?"

Hansen: Geht so, das Übliche."

Conny: „Kommst du bei den Ermittlungen gut voran?"

Hansen: „Geht so, ist eben schwierig."

Conny begriff, dass er abschalten wollte. Sie holte einen Zettel aus der Schublade. In Erwartung einer Reaktion legte sie ihn vor Hansen auf den Tisch. Der ließ ihn unbeachtet. Conny gab keine Ruhe: „Wir sprachen doch über unsere Stärken und Schwächen. Ich habe mal angefangen, deine Stärken aufzuschreiben."

Hansen wurde neugierig. Er nahm den Zettel und las. Ein ganze Seite hatte seine Frau beschrieben. Zuletzt stand da: Seine größte Stärke ist seine Dominanz als Vater und Ehemann. Wir haben einen starken Beschützer und wollen ihn nicht verlieren.

Oh Mann, Hansen war echt gerührt: „ Ich dachte immer, das wäre meine größte Schwäche, meine Dominanz. Und dass du an meiner Seite nicht zu deinem Recht kommst. Du bist doch auch eine starke Frau. Wenn ich das jetzt richtig verstehe, ist das auch deine größte Stärke. Das ist ja sehr interessant. So habe ich da noch nie gesehen"

Conny atmete erleichtert auf. Ihre Saat war auf fruchtbaren Boden gefallen. Sie kannte ihren Horst. Sie musste ihn jetzt in Ruhe lassen.

Jeder neue Tag schenkt uns neue Chancen. Das trifft auch auf Kriminalkommissare zu. Genauso zutreffend ist jedoch der Ausspruch: Wer zu spät kommt, den bestraft das Leben.

Je länger die Ermittlungen dauerten, desto schwieriger wurde es, die Täter zu finden. Eile war um so mehr geboten, weil es sich bei dem Täter um einen Serienmörder zu handeln schien und weitere Opfer zu befürchte waren.

Hansen und Otto begannen ihren täglichen Dienst in der Regel mit einer Auswertung der Ergebnisse des Vortages. Beide Männer saßen sich mit ihren personenbezogenen Kaffee-pötten gegenüber. Sie hatten nun Grund für die Vermutung, dass der Täter ein kleiner Mann war, der eine große Frau mit kräftigem Bartwuchs hatte. Wenn, wie sie weiter vermuteten, der Täter unter den Mitarbeitern der Stadtverwaltung zu suchen war, müsste ihn eigentlich ihr Vertrauter Dr. Keiner helfen können. Er gehörte zum Altbestand des Rathauses und dürfte jeden Kollegen und dessen Frau kennen.

Aber zuerst musste Hansen zur Seilbahn. Er war sich noch nicht im Klaren, wie das Opfer aus der Kabine der Seilbahn gestoßen worden war. Er kannte diese Kabinen nicht und wollte sich ein Bild vor Ort machen, um ausschließen zu können, dass die alte DDR.- Technik einen Unfall verursacht hatte. Otto konnte Hansen jedoch beruhigen: „Diese Seilbahnkabinen sind Baujahr 2012. Die ursprünglichen Gondeln aus DDR- Zeiten wurden durch neue, moderne Geräte ersetzt."

Interessiert verfolgte Hansen den Seilbahnbetrieb. Jede Gondel bot sechs Personen Platz. Die Türen schlossen und öffneten sich automatisch. Er fragte den Mitarbeiter, welche Sicherheit die moderne Technik böte. Was man machen könne wenn die Seilbahn steckenbleiben würde. Der Mann erklärte, dass jede Kabine eine Einrichtung zur Notöffnung der Schiebetüren hatte.

Hansen: „Wäre eine Notöffnung der Tür aus Versehen vorstellbar."

Der Mitarbeiter verneinte: „Vorstellbar ist vieles, aber die Gondeln haben einen versiegelten Hebel, ähnlich der Notbremse bei der Eisenbahn. Die kann man auch nicht mal eben so aus Versehen ziehen."

„Na dann wollen wir das mal testen", sagte Hansen. „Wir fahren mit einer Gondel und untersuchen die soeben theoretisch diskutierten Fragen in praxi."

Otto erschrak. Er war noch nie mit dieser Seilbahn gefahren und möchte es auch niemals tun müssen. Er druckste verlegen: „Nach meiner Meinung wäre es besser, wenn ich hier unten bleibe und das Geschehen von hier aus beobachte."

Hansen stutzte. Was wollte sein einziger und bester Mann damit sagen? Er konnte das doch nicht ohne Not geäußert haben. Er sagte noch einmal: „Ich brauche dich in der Kabine. Hier unten nützt du mir nichts Hast du etwa Höhenangst?"

Otto konnte und wollte sich diese Blöße nicht geben: „Ich und Höhenangst. Wie kommst du denn darauf." Damit stieg er in die nächste Kabine. Doch Hansen wehrte ab: „Nicht sofort. Wir müssen erst mit den Kollegen klären, dass sie uns die Fahrt alleine machen lassen. Für die anderen Fahrgäste bedeutet das eine Stunde Pause."

Der Schichtleiter stimmte zu. Es war ohnehin wenig Betrieb. Die Aufklärung der Verbrechen lag auch im Interesse der Seilbahnbetreibe, denn die mysteriösen Todesfälle hatten ohnehin schon für öffentlichen Trubel gesorgt und zu einem deutlichen Rückgang der Besucher geführt.

Hansen und Otto stiegen ein. Die Schiebetür schloss automatisch. Otto saß verkrampft auf seinem Platz und stierte an die Decke. Jemand hatte ihm gesagt, er solle mit seiner Höhenangst richtig umgehen. Dazu gehöre, nicht nach unten zu blicken. Das wäre auch sehr fatal gewesen, denn diese Kabine hatte einen Glasfußboden. Das war selbst Hansen etwas unheimlich.

Ottos Ängste interessierten Hansen nicht. Er beobachtete gründlich die Kabine. Dann betätigte er den Notknopf. Die Kabine stoppte abrupt und kam ins Schaukeln. Mit einem zweiten Knopf öffnete Hansen die Tür. Na bitte", sagte er, „ist doch ganz simpel. Den Fahrkorb anhalten, Tür öffnen und Mitfahrer raustoßen. Kein Problem."

Otto: „Schön, dann können wir weiterfahren."

Doch dazu kam es nicht. Durch den plötzlichen Halt und dem damit verbundenen kräftigen Schaukeln, waren die Rollen der Gondel aus der Führung gesprungen. Damit war kein Weiterfahren möglich.

Die Aufsicht teilte ihnen telefonisch mit, dass es für solche Fälle einen Notfallplan gab, den sie einhalten müssten. Das bedeutete, die Passagiere mussten sofort evakuiert werden. Mit Hilfe eines Hubschraubers. Der sei schon benachrichtigt worden. Die Männer der Bergrettung stünden auch schon bereit.

Ohne einen Laut von sich zu geben, sackte Otto ohnmächtig in sich zusammen.

Der Rettungshubschrauber kündigte laut sein Kommen an. Sein Motorengeräusch erfüllte die enge und hohe Schlucht. Es wurde als Echo mehrfach zurückgeworfen und dadurch noch lauter. Sofort sammelte sich ein Menschenauflauf, um das Schauspiel zu beobachten.

Der Leiter der Thalenser Bergrettung stand tollkühn auf der Kufe des Helikopters und wies den Piloten in der engen Schlucht ein. Seine Kommandos waren laut und präzise. Man konnte ihm ansehen, dass er die Situation genoss. Das professionelle Verhalten der Männer der Bergrettung beruhigte die Insassen des Havaristen. Otto war auch wieder wach und stellte mit Freude fest, dass ihnen ein alter Bekannter zu Hilfe eilte: „Mensch Ingo Balzer, was macht du denn hier?" Ingo Balzer musste lachen: „Wonach sieht es denn aus." Und dann sprach er aus, wovor sich Otto sehr fürchtete: „Ich hole euch jetzt aus der Kabine. Ihr blabt sitzen, ich komme zu euch ran und sale euch dann mit unserer Spezialtechnik ab.

Otto wurde kreideweiß vor Angst. Er weigerte sich strikt, das Rettungsgeschirr anzulegen,

damit er abgeseilt werden konnte. Es half
nichts. Ingo Balzer und Horst Hansen waren
kräftige Burschen. Otto war im Panikmodus.

Die beherzten Männer legte ihm unter Einsatz
Ihrer Körperkräfte das Rettungsgeschirr an.
Damit war Otto aber noch nicht aus der
Gondel. Da vernahm er eine bekannte Stimme.
Es war Conny Hansen. Sie war zu Hilfe geeilt,
weil sie Ottos Höhenangst kannte. Sie sprach
beruhigend auf ihn ein. Ihre warme Stimme
bewirkte ein Wunder.
Otto machte den schwierigsten Schritt seines
Lebens. Er stand im Türrahmen der Kabine und
ließ sich in die Tiefe fallen. Gut abgesichert von
Ingo Balzer Jetzt war es auch schon egal.
Otto begleitete die Aktion mit einem
kräftigen Harzer Jodler. Damit war eine neue
Legende geboren. Keiner, der in Zukunft mit
Otto feierte, war vor dieser Heldengeschichte
sicher.
Otto wiederholte immer und immer wieder,
wie er aus der Kabine in die Tiefe sprang und
dabei noch fröhlich jodelte. Otto konnte gar
nicht jodeln, jedenfalls bis zu diesem Tag nicht.
Da wurde ein neuer Harzer Jodler geboren:
Sein Name: Ottos Sprungjodler.

Wo doch alle wussten, dass es mit Ottos
Tapferkeit nicht so gut bestellt war. Er hatte
nicht aus voller Kraft, sondern aus reiner Angst
gejodelt. Aber das hätte er niemandem
abgenommen. Wer außer ihm konnte schon
wissen, ob er fröhlich oder ängstlich jodelte.

7. Das ratlose Rathaus

Hansen war eher der ernste Typ. Er mochte
Leute nicht, die immer witzig sein wollten. Egal
ob es in die Situation passte oder nicht. Noch
mehr kotzte ihn die Spezies an, die ihre Lacher
auf Kosten anderer produzierten. Er musste
sich deshalb auch nicht verbiegen, weil er sich
nicht über Ottos Jodelsprung amüsierte. Das
war kein Thema, das ihn interessierte. Er ging
zur Tagesordnung über. Sie hatten mehrere
Morde aufzuklären. Das war kein Spaß. Sie
fuhren von der Seilbahn direkt ins Revier.
Hansen war was aufgefallen, das er an Hand
der Videos überprüfen wollte. Obwohl er
wusste, dass Otto nur zu gerne erfahren hätte,
worum es Hansen ging, schwieg er wie ein

Grab. Oder dachte er überhaupt daran, seinen Adlatus einzubeziehen?

Es war halt immer noch so, Hansen und Otto spielten in verschiedenen Ligen. Otto Kreisklasse, Hansen Bundesliga. Obwohl er Otto inzwischen ganz gut leiden mochte, er war für ihn nur ein nützlicher Trottel, und das würde er wohl immer bleiben.

Im Revier schickte Hansen Otto nach Kaffee und schaltete den Fernseher ein. Sehr zu Ottos Leidwesen. Denn als er nach zwanzig Minuten mit dem kalten Kaffee antrabte, hatte Hansen schon das gesehen war er wollte. Otto konnte sich eine bissige Bemerkung nicht verkneifen. Hansen reagierte mit einer Frage: „Wer hat dich denn zwanzig Minuten aufgehalten? Die hübsche Gerda vom Pass- und Meldewesen?"

Otto zerknirscht: „Man darf ja auch nicht unhöflich sein. Wenn die Kollegen einen ansprechen. Wenn du einfach weiterlatschst, halten sie dich für einen eingebildeten Pinkel."

So, das hatte er mal gebraucht. Hansen zuckte nur mit der Schulter: „Oder für einen schwatzsüchtigen Trottel."

Kaum hatte diese Gemeinheit Hansens Lippen passiert, tat es ihm schon leid. Er knurrte was wie: „War nicht bös gemeint. Wir haben bisher einen Fakt vernachlässigt. Die Frau oder Mann im Trachtenkostüm führte eine große Reisetasche mit sich. Wozu. Was war da drin? Das halte ich für sehr wichtig."

Otto: „Verstehe, er wird ja wohl kaum mit der Seilbahn eine große Reise starten."

Hansen: „Richtig. Wir müssen das Foto von dieser Tasche den potentiellen Zeugen vorlegen. Vielleicht kennt jemand dieses Requisit."

Hansen entschloss sich, dass er und Otto getrennt ermittelten. Er selber fuhr in das Wohnung des Wirtschaftsförderer Dr. Keiner. Otto sollte noch mal im Rathaus nach gesprächsbereiten Mitarbeitern suchen.

Dr. Norbert Keiner wohnte auf den Höhen. Eine Plattenbausiedlung in Thale. Obwohl sich nach der Wende ein Wertemangel vollzogen hatte, in dessen Folge die einst sehr beliebten Neubauwohnungen zu einem negativen Image kamen, hatte er seine Wohnung behalten.

Viele hatten es ihm gleichgetan. Denn dieses Wohngebiet war anders als die meisten Plattensiedlungen. Es war gut belegt, sauber und ruhig. Das war in erste Linie seiner Lage zu verdanken.

Hansen parkte seinen Wagen in der Straße und suchte auf dem Klingelschild nach Dr. Keiners Namen. Ihm fiel auf, dass alle Klingeln Namensschilder trugen. Also waren alle Wohnungen belegt. Keiner wohnte ganz oben, im 4. Stock. Wenn schon schöne Aussicht, dann auch die beste.

Leider hatte das Haus keinen Fahrstuhl. Hansen kam ins Schnaufen, worüber er sich ärgerte. Er knurrte deshalb Keiner an, als der ihm die Wohnungstür öffnete: „Ein paar Stufen weniger hätten es doch auch getan. Schließlich werden wir alle nicht jünger."

„Wie bitte?", Dr. Keiner war empört. „Was geht sie das an, was wollen sie überhaupt von mir?"

Das hatte gesessen. Hansen wurde noch einen Strich wütender. Noch so ein Ding und er rastete aus. Er zwang sich zur Besonnenheit und sagte, so freundlich Horst Hansen freundlich sein kann: „Ich möchte sie noch weiter befragen in der Mordsache Matke - Sens" Er kramte Fotos aus seiner Aktentasche und legte sie ihm vor die Nase: „ Kennen sie die Person im Trachtenkostüm? Und kommt ihnen deren Tasche bekannt vor.?"

Dr. Keiner sah nur flüchtig hin: „Ne, kenn ich nicht. Tut mir leid. Wars das? Ich würde mich nämlich gerne um mein Abendessen kümmern. Ich habe in Blankenburg frische Forellen geangelt. Die brauchen mich jetzt." Damit schloss er die Tür. Hansen war verdattert. Jetzt hatte sein Wutlevel das obere Viertel erreicht. Er schlug mit der Faus gegen die Tür. Als Keiner sie öffnete, wartete er nicht, bis der ihn in die Wohnung bat, sondern ging ohne Aufforderung ins Wohnzimmer. Er sagte im barschen Ton: „Mitkommen. Ins Revier. Da sie nicht interessiert oder willens sind, uns in ihrer häuslichen Umgebung zu unterstützen, können sie das gerne in unseren Diensträumen tun."

Dr. Keiner verzog keine Miene. Er suchte umständlich seinen Mantel. Hansen war genervt. Er warf einen Blick auf die zahlreichen Tierfotos an den Flurwänden. Alles Katzen. Was der wohl mit den Katzen hat? „Sammeln sie Katzenfotos,. Was für `ne Rasse ist das?", fragte er. „Keiner lächelte auf einmal: „Das sind Harzer Wildkatzen. Prächtige Tiere. Sie vermuten richtig. Ich bin Hobbyfotograf und mache gerne Aufnahmen von diesen Tieren in freier Natur."

Für Hansen war das eine interessante neue Information. Er war noch nicht so direkt in seinem neuen Heimatbewusstsein ange-kommen. Eigentlich war er immer noch der Hamburger. Das würde sich auch nie ändern. Aber diese wilden Katzen gefielen ihm. Er fragte deshalb : „Woran unterscheiden die sich von den zahmen Hauskatzen? Sie sind wohl erheblich größer?"

Dr. Keiner: „Da täuschen sie sich. Übrigens viele andere auch. Sie sind nicht größer als kräftige Hauskatzen. Ihr dickes Fell lässt sie nur so erscheinen." Allerdings sind das richtige Kampfmaschinen. Sie schrecken auch vor größeren Tieren nicht zurück."

Hansen: Sind das verwilderte Hauskatzen?"

Dr. Keiner: „Nein, sie haben unterschiedliche genetische Wurzeln. Die Hauskatze wurde von den Römern mitgebracht. Da gab es die Wildkatze im Harz schon seit zehntausenden Jahren. Man kann eine Wildkatze auch nicht zähmen. Das können sie mit einem Luchs auch nicht, oder mit einem echten sibirischen Tiger."

Hansen war kein großer Naturfreund. Aber er verstand Menschen, die Liebe für die Kreatur empfanden und achtete deren Gefühle. Dr. Keiner stieg deshalb deutlich in seiner Achtung. Im Revier unterzog er ihn trotzdem einer harten Tortur. Er ließ ihn nach Waffen absuchen, erkennungsdienstlich erfassen und mehrere Stunden im Verhörraum warten.

Erst gegen Abend nahm er ihn sich vor.

Hansen: „Ich hoffe, wir bereiten ihnen keine Unannehmlichkeiten. Aber wenn sie schon hier sind, können wir sie auch professionell erfassen. Man weiß ja nie, wofür das gut sein kann."

Dr. Keiner blieb äußerlich ganz ruhig: „Sie machen doch nur ihre Arbeit. Dafür habe ich doch Verständnis."

Bei dieser Äußerung meldete sich Hansens Bauchgefühl. Diese Antwort passte weder zu Dr. Keiner noch zur Situation. Normal wäre gewesen, wenn Keiner sich aufgeregt und mit Beschwerde gedroht hätte. Er war doch kein Niemand, sondern nahm mit seiner Position einen gehobenen Platz in der Sozialstruktur Thales ein. Warum kroch er Hansen dann in den Arsch. Aber das musste nichts bedeuten. Vielleicht war er einer von den Typen, die sich im Arsch anderer wohl fühlten.

Er schaltete den Fernsehapparat ein und zeigte Dr. Keiner die Aufnahme von der Seilbahn. Er sagte: „Gut dass ich sie hier habe, so können sie die Personen viel besser sehen. Noch einmal meine Fragen. Erstens: Kennen sie die Person im Trachtenkostüm? Zweitens: Kommt ihnen die große Reisetasche bekannt vor?"

Dr. Keiner war von der Selbstsicherheit und Konsequenz, die Hansen an den Tag legte, beeindruckt. Er gab sich deshalb mehr Mühe. Er sagte: „Ich bitte um Verzeihung, wenn ich sie in meiner Wohnung abblitzen ließ. Jetzt, wo ich mir die Bilder größer ansehen kann, kommt mir die Person im Trachtenkostüm bekannt vor. Ich kann aber nicht sagen, wer das ist. Auf jeden Fall passt ihr das Kostüm nicht. Sie geht auch nicht wie eine Frau."

Hansen: „Und die Reisetasche?"

Dr. Keiner: „Tja, dazu fällt mir immer noch nichts ein. Sie hat ja nicht mal ein Markenschild. Wenn sie mich fragen, ist das eine alte Tasche aus der DDR."

Na geht doch, Hansen war nicht unzufrieden. Mit diesem Tipp konnte man schon was anfangen. Er hakte nach: „Woran machen sie das fest, dass es eine Tasche aus der DDR ist. Ich sehe nur eine hellbraune Tasche."

Dr. Keiner: „Das ist eine Erfurter Edeltasche aus feinstem Leder, wie sie nur in Exquisit Läden zu kaufen war. Schweineteuer. Ich schätze mindesten 1.000 Mäuse."

Hansen: „Kennen sie jemanden, der eine von diesen Edeltaschen besitzt?"

Dr. Keiner: „Man soll es ja nicht glauben, aber diese Taschen haben Kultstatus. Sie werden bei Ebay für 400 Euro verkauft. Allerdings kenn ich keinen, der eine dieser Taschen besitzt."

In diesem Moment kam Kommissar Otto ins Zimmer. Er wies auf seine Uhr und zwinkerte mit dem rechten Auge. Hansen verstand ihn ohne Worte. Er stand auf und entließ Dr.Keiner ins Wochenende. Er hatte seine Voreingenommenheit noch nicht überwunden, hatte aber auch so etwas wie Sympathie für diesen Mann gewonnen.

Otto wollte endlich Feierabend machen. Aber Hansen hielt ihn noch für eine Minute fest: „Der Keiner hat eben behauptet, dass es sich bei der Reisetasche um ein DDR- Fabrikat handelt. Sie soll in diesen Edelläden der DDR um die tausend Mäuse gekostet haben. Kennst du jemanden von hier, der eine solche Tasche besessen hat?"

Otto wusste es nicht, wollte sich aber zuhause noch mit seiner Frau unterhalten. Die achtete mehr auf Mode und ähnlichen Quatsch.

Die Sone hatte sich schon hinter den Wäldern schlafengelegt, als Hansen endlich seinen Volvo in der Einfahrt seiner Villa abstellte. Neben dem Wagen seiner Frau stand noch ein rotes Cabriolet. Ein 3er BMW, wie Hansen sofort erkannte. Wer von seinen Bekannten fuhr solchen Wage?. Er kannte keinen und betrat neugierig auf den Besucher sein Haus. Im Wintergarten saß eine Frau neben einem Kinderwagen. Die Sache wurde immer interessanter. Ohne die Besucherin zu begrüßen schlich er heimlich in die Küche und flüsterte seiner Frau zu „Wer ist denn die? Was will die von uns?"

Conny drehte gab ihm keinen Begrüßungskuss, sondern sagte gallig: „Herzlichen Glückwunsch Horst Hansen. Sie sind soeben Vater einer kleinen Tochter geworden. Die Süße heißt Thefa. Die Mutter wirst du hoffentlich noch kennen."

Ein bekannter Ausspruch lautet: Man ist vom Donner getroffen. Diese abgedroschene Floskel wird oft unpassend verwendet, auf Hansens Reaktion traf sie hundertprozentig zu.

Er lachte gequält: „Wenn das ein Scherz sein sollte, so ist das sein ganz blöder." Conny wies mit der Hand zum Wintergarten: „Nur zu, schau sie dir an. Dein Schmusi und ihren Balg."

Hansen wurde langsam wach. Eine böse Ahnung ließ sein Gehirn kochen. Es half nichts, er musste seinen Canossagang antreten. Mit einem gequälten „Guten Abend" betrat er seinen geliebten Wintergarten. Die Besucherin drehte sich um. Hansen konnte sie nicht so schnell wiedererkennen. Sein Gehirn ratterte und suchte die Bilder seiner jüngeren Liebschaften. Dem Alter des Kindes nach müsste diese Affäre drei Jahre zurückliegen.

Da war er schon Connys Ehemann. Seine Frau war deshalb rotglühend. Sie hatte doch keinen Zuchtbullen geheiratet.

Die Besucherin war eine sehr attraktive Frau. Sie stand auf und begrüßte Hansen freundlich: „Entschuldigung, wenn ich so unangemeldet hier auftauche. Du oder soll ich besser sie sagen, können sich vielleicht nicht an mich erinnern. Wir hatten eine kurze, aber sehr intensive Beziehung."

„Und produktive Beziehung, wollten sie noch sagen", fiel ihr Conny ins Wort.

Jetzt fiel bei Hansen der Groschen. „Die Zahnärztin aus Quedlinburg!", rief er spontan. „Ja wie finde ich das denn. Wieso kommst du erst jetzt. Ist das wirklich meine Tochter?"

Er ging zu dem Kind und nahm es in den Arm. „Ach die ist ja so niedlich", sprudelte es aus ihm heraus.

Die Besucherin war von dieser Reaktion erleichtert. Der Mann schien sich sogar zu freuen. „Sie heißt übrigens Thefa. Der Name ist eine Kurzfassung von Theofano, der Ehefrau von Kaiser Otto II" sagte sie stolz.

„Aber warum meldest du dich erst jetzt?", fragte Hansen noch mal.

Sie lächelte müde und berichtete stockend von ihrem Schicksal: „Eigentlich wollte ich dich mit meinem Kind nicht behelligen. Mein Mann ist unfruchtbar und so konnten wir auf diesem Weg unseren Kinderwunsch zum Leben bringen. Doch in den letzten Wochen hat sich alles verändert. Er hatte schon lange eine Liaison mit seiner Sekretärin. Vor zwei Wochen reichte er die Scheidung ein. Im Haus kann ich nicht bleiben, es gehört ja ihm. So stehe ich heute als wohnungslose Alleinerziehende vor dir."

Mein Gott, wie das Hansen berührte. Er hatte nicht nur einen tollen Sohn, sondern auch noch eine elfengleiche Tochter. Da durfte er nicht dulden, dass seine Tochter nicht standesgemäß wohnt. Er wandte sich an die Mutter: „Eine Frage habe ich noch. Du wolltest doch die alte Villa sanieren und Wohnung und Praxis dort einrichten?"

Die Mutter: „Daraus ist zum Glück nichts geworden. Sonst säße ich hier noch mit einem großen Schuldenberg. Die Sanierung wurde dreimal teurer als die Schätzung des Architekten voraussah. Ich konnte zum Glück noch einen Käufer für die Bruchbude finden."

Hansen war ein spontaner Mensch, der nicht alles lange und gründlich durchdachte, bevor er eine Entscheidung traf. Er sagte deshalb etwas, dass er mit dreißig Sekunden Bedenkzeit nie und nimmer geäußert hätte. Er sagte: „Aber wir haben doch genug Platz in unserer Villa, nicht war Schatz. Die beiden

Obdachlosen können doch fürs erste bei uns unterkommen."

Beide Frauen sprangen wie auf Kommando von ihren Sesseln auf. Conny rief: „Ohne mich. Das kannst du gleich vergessen." Die Zahnärztin hatte mehr Contenance. „Ich danke dir für dein Angebot", sagte sie freundlich. „Aber das kommt auch für mich nicht in Frage. Ich bin nicht gekommen, um hier einzuziehen. Ich finde schon noch eine gute Wohnung. Ich kenne den Geschäftsführer des führenden Maklerbüros. Ich wollte dir lediglich endlich deine Tochter bringen. Du hast schließlich einen Anspruch darauf, sie kennenzulernen."

Hansen hatte sich nicht mehr unter Kontrolle. Er stand drohend vor den beiden Frauen und sagte laut und deutlich: „Ich will meine Tochter bei mir haben. Punkt. Da könnt ihr zappeln wie ihr wollt. Du ziehst mit Thefa hier ein. Und nicht nur vorübergehend, sondern so lange ich das möchte."

Diese Nachricht von dieser Szenerie verbreiterte sich wie ein Steppenbrand durch die Stadt. Ihre Botschaft erklang in allen Wohnungen, Kneipen und Büros. Sie hallte wider von den granitenen Wänden des steilen Bodetals. Ein neues Zeitalter für das Eheleben der Männer schien angebrochen zu sein. Die Frage, darf der denn das, ließ keinen kalt. Jeder nahm Partei für oder gegen Hansen. In der Mehrheit waren es Männer, die ihn unterstützten. Die Frauen hingegen waren ausnahmslos alle gegen ihn. Ohne es gewollt zu haben, war Hansen zu einem Volkshelden geworden. Als er das mitbekam, war es schon zu spät. Er konnte für ihn nur eine Lösung des Problems dulden, ohne als Versager aus der Konstellation hervorzugehen.

SEINE.

8. Lügner und Betrüger

Kommissar Otto parkte seinen Trabant demonstrativ vor dem Haupteingang des Rathauses. Im absoluten Parkverbot. Er wollte damit seine Unsicherheit unterrücken, die ihn immer heimsuchte, wenn er es mit gebildeten und mächtigen Personen zu tun hatte. Und im Thalenser Rathaus gab es davon mehr als für ihn gut war.

Sein provokantes Parkmanöver blieb nicht unbemerkt. Der Leiter des Ordnungsamtes persönlich trat aus der Tür und schnauzte Otto an, er solle Honeckers letzte Rache gefälligst dort abstellen, wo der Teufel hingeschissen hatte. Das hatte Otto gebraucht. Er geriet in Wut und hatte damit jenen Gemütszustand erreicht, den er benötigte, um es mit den Klugscheißern aufnehmen zu können. Er tat ganz ruhig, obwohl es in ihm kochte. Dieser Hannes Grund schmeckte ihm schon lange. Wofür hielt sich dieser Dorftrottel.

Otto ließ Hannes Grund einfach links liegen und ging forschen Schrittes ins Rathaus. Das war eine klare Demonstration seiner Stärke. Hannes Grund war durch dieses forsche Auftreten verunsichert. Wenn der kleine Otto einen auf dicke Hose macht, dann hatte der einen dicke Trumpf im Ärmel. Und Hannes Grund kämpfte nicht mit gleichstarken Gegnern, immer nur mit schwächeren. Das war der Schlüssel für seinen Erfolg.

Ottos Ziel war der Bürgermeister. Vorsichts-halber klopfte er an dessen Tür. Dr. Kunze saß an seinem Schreibtisch und spielte am

Computer Skat. Ihm war es peinlich, von Otto erwischt zu werden. Aber Otto ignorierte diese Lappalie. Er fragte höflich, ob der Herr Doktor ein paar Minuten Zeit für ihn hätte. Jens Kunze liebte es, wenn er mit seinem Titel angesprochen wurde. Am besten mit dem vollen Programm „Herr Bürgermeister Doktor Kunze". Wer ihn so ansprach, hatte bei ihm einen Stein im Brett. Auch im Falle Ottos erreichte ihn die Speichelleckerei. Er forderte Otto mit großzügiger Geste auf, in der Couchecke Platz zu nehmen und setzte sich zu ihm. Ob er einen Kaffee wolle. Da sagte Otto nicht nein. Es breitete sich eine gemütliche Atmosphäre aus.

Aber Otto war nicht zum Kaffeeklatsch gekommen. Um Kunze nicht zu provozieren, wählte, er einen kleinen Umweg und fragte: „Wir hatten heute ein sehr interessantes Gespräch mit ihrem Wirtschaftsförderer Dr. Keiner. Ein guter Mann. Kann es sein, dass sie sich in unserem Kreis den besten Mann für diese Funktion aufgebaut haben?"

Kunze stutzte. Was kam der ihm hier mit seinem Wirtschaftsförderer, diesem Vollpfosten. Will der ihn verarschen oder stellt er ihm eine Falle. Am besten, er geht nicht darauf ein: „Wie gehen die Ermittlungen in der Mordsache Matke - Sens voran. Der Innenminister ruft mich deshalb täglich an. Nun aber los, Otto, sie und Hansen sind doch Top Leute. Ich brauche einen Erfolg. Die Wahlen für den Landtag sind bald. Ich will da rein und Minister werden. Verderbt mir das nicht!"

Otto zeigte Kunze die Fotos von der Seilbahn: „Kennen sie diese Reisetasche? Sie könnte uns zum Täter führen. Dr. Keiner meint, sie stamme noch aus der DDR - Produktion."

Kunze: „DDR - Produktion kenne ich nicht. Ich war noch zu jung, als die Wende dieses Krebsgeschwür der deutschen Geschichte wegätzte."

Otto: „Und dieses Trachtenkostüm? Der vermeintliche Täter trug es während der Fahrt mit dem Mordopfer Matke in der Seilbahn."

Kunze schüttelte mit dem Kopf: „Keine Idee, aber ich frage heute Abend meine Frau, die interessiert sich sehr für Trachtenmode."

Otto hatte aber noch nicht alle Fragen gestellt. Er wusste nicht, wie er es am besten formulieren sollte, redete dann aber gerade darauf los: „Dr. Keiner hat uns erzählt, in ihrem Rathaus gebe es keine Auseinandersetzungen innerhalb der Belegschaft. Alles Friede Freude Eierkuchen. Das deckt sich aber überhaupt nicht mit unseren Informationen. Was sagen sie dazu?"

Dr. Kunze reagierte so, wie es Otto geahnt hatte. Er wechselte seine Laune wie ein Chamäleon die Farbe. Er sagte: „Ich wüsste nicht, was sie unser Betriebsklima angeht. Das sind Interna und für ihre Ermittlungen ohne Bedeutung."

Damit endete Ottos Audienz. Als er das Rathaus verließ, sah er gerade noch die Rücklichter des Abschleppwagens mit seinem Trabi. Hannes Grund ging grinsend an ihm vorbei. Und wieder war eine Runde an Hannes Grund gegangen.

Hansen saß meditierend an seinem Schreibtisch. Wie er es gewohnt war, unterhielt er sich laut mit den zwei Seelen in seiner Brust. Sein kleiner Engel meinte, Hansen sollte sich nicht verrückt machen lassen. Er sei mit der Reisetasche, dem Trachtenkostüm und der Person in der Seilbahn auf einem Irrweg. Die Toten seien keine Opfer eines Serienmörders, sondern zwei unabhängige Unglücksfälle. Sie hatten nichts miteinander zu tun. Sein kleines Teufelchen lachte hämisch. Der Engel habe keine Ahnung. Der Engel sei auf dem Holzweg. Es wird weitere Opfer kosten, wenn er dessen Rat befolgt.

Hansen schaltete den Fernsehapparat ein. Der Stadtsender berichtete über die Ermittlungen der Kripo und bat die Bürger, die Arbeit der Polizei zu unterstützen. Gut so, in den stündlichen Nachrichten wurden die Fotos von der Reisetasche, dem Trachtenkostüm und von der Person in der Seilbahn gezeigt.

Unmittelbar danach gab es einige Anrufe. Wie immer waren darunter Wichtigtuer. Ein Anrufer allerdings schien über konkrete Kenntnisse über die Reisetasche zu verfügen. Er war aber nur bereit, sein Wissen zur Verfügung zu stellen, wenn er eine Prämie von 5.000 Euro erhalte. Der Moderator war von diesem Ansinnen überfordert. Hansen rief beim Sender an und sagte die Bezahlung der Forderung zu. Daraufhin verabredete er sich mit dem Informanten, der aber anonym bleiben wollte.

Das aber konnte er bei Hansen vergessen. Der veranlasste, dass eine Streife den Treffpunkt an der Jungfernbrücke im Hirschgrund kontrollierte und auch eine Frau im Trachtenkostüm überprüfte. Es stellte sich heraus, dass sich hinter dieser Figur ein stadtbekannter Schreiberling verbarg, der dergestalt zu einer Story und zu einem erquicklichen Honorar kommen wollte.

Ein zweiter Anrufer gab an, ihm sei das Kostüm bekannt. Es sei ihm bei der letzten Walpurgisfeier auf dem Hexentanzplatz begegnet. Die Trägerin war verkleidet, er kann sich aber noch daran erinnern, dass sie in einem roten Peugeot 309 mit Harzer Kennzeichen weggefahren sei.

Das konnte ein erfolgversprechender Hinweis sein.

Die Überprüfung der im Landkreis Harz zugelassenen Autos ergab, dass sich darunter drei rote Peugeot 309 befanden. Einer gehörte Gisela Mundt, Vorsitzende des Harzer Trachtenvereins. Der zweite Eigentümer war ein pensionierter Lehrer. Der dritte Peugeot wurde von Dr. Keiner gefahren.

Hansen stieg in seinen Volvo und fuhr zur Roßtrappe. Diesen vermeintlichen Tatort hatte er bisher vernachlässigt. Bisher stand die Seilbahn im Zentrum seiner Ermittlungen, weil es dafür die meisten Hinweise gab. Nunmehr nahm er sich die Zeit, den Weg vom Parkplatz des Berghotels zum Roßtrappenfelsen zu laufen und dabei auf bisher unbekannte Hinweise zu hoffen. Er stand an der Spitze des Felsens, von dem aus es über 200 Meter in die Tiefe ging. Wer an diesem Ort das Gleichgewicht verlor, hatte keine Überlebens-chance mehr. Am Geländer, das den mutigen Besuchern Schutz bot, fielen ihm Haarreste auf. Vorsichtig löste er sie vom angerosteten Stahl und steckte sie in eine Plastiktüte. Dann ging er zurück zu seinem Wagen und fuhr nach Hause. Unterwegs kaufte er zwei Blumensträuße. Da er wusste, wie sensibel Frauen die Blumensprache interpretierten, achtete er dabei sehr auf die

Zusammenstellung der Sträuße. Ein duftender Strauß roter Rosen war für seine Frau bestimmt. Rosen waren die Blumen der Liebe. Der andere Strauß war eine gelungene Komposition von weißen Lilien und gelben Rosen, wie Hansen glaubte ein unverfängliches Gebinde.

In seinem geräumigen Garten spielte Ole mit einem kleinen Mädchen Ball. Die Kleine war entzückend. Tollpatschig stolperte sie hinter dem Ball her und setze sich ein- ums - andere Mal auf den Po. Ole war liebevoll um seine kleine Schwester besorgt und gab sich die größte Mühe, ihr mit dem Ball nicht weh zu tun. Hansen lief ein Schaudern den Rücken herunter. Er fühlte sich so glücklich wie lange nicht mehr. Er hatte keinen Plan wie das mit den beiden Frauen funktionieren sollte. Er wollte von Ramona Heise nichts. Ihm ging es nur um seine Tochter. Sie sollte ihm nahe sein.

Erst jetzt bemerkte er, dass es sich die beiden Frauen auf der Terrasse bei einem Glas Rotwein gemütlich gemacht hatten. Dieser Anblick irritierte ihn. Verlegen ging er mit seinen Blumen zu ihrem Tisch. Conny fand zuerst ihre Stimme zurück: „Hallo Horst. Ich hoffe, du bist einverstanden, wenn wir uns darüber verständigen, wie wir mit der neuen Situation umgehen wollen."

Hansen hatte keinen Mut, die Initiative zu ergreifen. Ihm war es nur Recht, wenn die Frauen das leidige Problem lösten. Er fand wieder zu seinem alten Charme und überreichte seine Blumen. Er sagte: „Die roten Rosen als Ausdruck meiner Liebe für meine Frau. Die schönen Lilien für eine schöne Frau."

Ramona Heise konnte sich ein Lachen nicht verkneifen: „Du weißt aber schon, dass weiße Lilien sehr symbolträchtige Blumen sind und für die reine, ewige Liebe stehen?"

Hansen kam nun doch ins Stottern. So langsam ging ihm ein Licht an, dass er diesen Frauen nicht gewachsen war. Einer schon, aber beiden nicht. Eigentlich waren es sogar drei Frauen. Denn die süße Thefa hatte ihren Papa fest im Griff. Hansens Patriarchat ging zu Ende.

Gisela Mund und Heinz Otto kannten sich schon seit ewigen Zeiten. Da war es für Kommissar Otto einfach, wegen des roten

Peugeots ins Gespräch zu kommen. Er ging gerade aufs Ziel los und fragte sie, ob sie im Mai bei der Walpurgisfete auf dem Hexentanzplatz dabei war. Gisela antwortete: „Aber immer doch, das lässt sich doch kein echter Harzer entgehen."

Otto hatte auch keine andere Antwort erwartet. Er entschloss sich, ihr die Videoaufnahmen von der Seilbahn zu zeigen. Als eine Frau im Trachtenkostüm zu sehen war, hielt er den Film an und fragte: „Bist du das Giesel?" Gisela ohne nachzudenken: „Ne mein Lieber, da bist du auf dem Holzweg. Ich habe nur grüne Trachtenkostüme. Blau steht mir nicht."

Otto: „Und in deinem Trachtenclub, gibt es da eine Frau, die diese Art von Kostüm besitzt?"

Gisela: „Na sicher doch. Kätchen Keiner. Das ist die Frau unseres Wirtschaftsvergraulers."

Otto: „Wie soll ich das verstehen?"

Gisela: „Na der ist doch so blöde wie unsere Kühe. Der hat doch nichts zu lachen, weder bei seiner Frau noch bei seinem Chef, unserem Bürgermeister."

Otto: „Wie soll ich das verstehen?"

Gisela: „Heinz, du wiederholst dich. Der Bürgermeister schikaniert den doch wo er kann. Immer zu muss der den Bürgermeister in seinem privaten Peugeot rumkutschieren. Ist doch nur ein Katzendsprung sagt der immer. Geht alles auf Keiners Kosten. Er hatte sogar mal einen Unfall gebaut. Denkst du, der Bürgermeister hätte ihm das bezahlt. War ja eigentlich eine Dienstfahrt. Und dabei liebt Keiner doch seinen Peugeot wie sonst was."

Otto hatte genug gehört.

9. Der Katzensprung

Hansen fühlte sich nicht wohl in seiner Haut. Er war es gewohnt, Frauen nach seinem Belieben zu benutzen. Ihn hatte deshalb nie sein schlechtes Gewissen geplagt. Für ihn war Erotik ein Hobby wie für andere Tennis spielen, Golfen oder Segeln. Er war der Meinung, Frauen sollten sich glücklich schätzen, wenn er sich von ihnen nach ein- oder mehrmaligem

Gebrauch trennte. Schließlich konnten sie bei ihm was lernen, denn er hielt sich für einen erfahrene Liebhaber. Nach der Trennung konnten sie wieder frei fühlen. Verfügbar für neue amouröse Affären.

Jetzt blies ihm der Wind kräftig ins eitle Gesicht. Ramona und Conny und hatten sein Frauenbild grundsätzlich ad absurdum geführt. Lag ihr Erfolg daran, dass sie als DDR - Bürgerinnen eine Art von Selbständigkeit und Emanzipation besaßen, die bei Westfrauen so kompakt und angriffslustig nicht anzutreffen waren? Jedenfalls nicht bei der Mehrheit.

Mit dieser Erfahrung musste er noch umzugehen lernen. Er zog sich ins Revier zurück und schmollte. Als Otto auftauchte, war ihm das nur Recht. Er benötigte jetzt Ablenkung von seinem Weltschmerz. Er hörte aufmerksam zu, wie Otto ihm das Gespräch mit Gisela Mundt schilderte. „Sie einer an", sagte er anerkennend, „da läuft ja einer zu Höchstform auf. Gut gemacht, Heinz, das klingt schlüssig. Ich komme aber auch nicht mit leeren Händen. Ich habe auf der Roßtrappe Tierhaare gefunden. Sie stammen von einer

Wildkatze." Und als er Ottos fragendes Gesicht sah: „Na der Keiner hat doch sein Hobby mit Wildkatzen. Zwar behauptet er, dass er die Tiere nur fotografieren würde. Das muss aber nicht stimmen. Wir lassen uns sofort eine Durchsuchungsberechtigung ausstellen und stellen seine Wohnung auf den Kopf."

Es war schon spät am Abend, als die Hausdurchsuchung startete. Leider ohne wirklichen Erfolg. Frau Keiner, von der Maßnahme total schockiert, wollte den Grund für diese rabiate Polizeiaktion wissen. Hansen fragte sie direkt heraus, wo sie ihre Trachtenkostüme aufbewahre. In der Wohnung waren sie nicht. „Ja was glauben sie denn", empörte sich die Frau. „Glauben sie etwa, ich hätte die Sachen geklaut. Deshalb kommen sie mitten der Nacht zu einer Hausdurchsuchung."

Hansen: „Die Fragen stellen wir. Wo sind die Trachtenkostüme."

Frau Keiner: „Im Keller. Bitte kommen sie mit und überzeugen sie sich. Alles korrekt gekauft. Die Kassenbelege habe ich noch."

Die Wohnungen verfügten über winzig kleine Keller. Etwa 4 Quadratmeter mussten genügen. In Keiners Keller beanspruchte ein alter Kleiderschrank fast die gesamte Stellfläche. Frau Keiner schmunzelte: „Meine Schatzkiste." Sie öffnete die Schranktür. Der Schrank war leer. Sie fing an, hysterisch zu schreien. Sie hatte den Verlust nicht bemerkt. Auf die Frage, wann sie das letzte Mal die Sachen gesehen habe, antwortete sie: „Vor drei Tagen."

Damit war klar, jemand hatte die Sachen beiseitegeschafft. Einen Diebstahl konnte man nicht ausschließen. Das war aber sehr unwahrscheinlich.

Sei es drum. Hansen und Otto zogen sich noch am späten Abend zum Brainstorming zurück. Hansen fasste den Stand der Ermittlungen zusammen: „Was haben wir? Wir haben mit Dr. Keiner zum ersten Mal einen konkreten Verdächtigen. Seine Frau hat das gesuchte Kostüm besessen, er fährt einen roten Peugeot. Uns fehlen allerdings noch die Ledertasche und das Motiv. Das Motiv ist aber das Wichtigste. Warum soll er die beiden

Männer umgebracht haben? Da wäre es für mich einleuchtender, wenn er den Bürgermeister getötet hätte. Hass, Rache und Demütigung des Täters sind die Hauptmotive für Mord und Totschlag."

An dieser Stelle kam der kleine Mann mit dem Hammer und schlug ihnen die müden Augen zu. Morgen war auch noch ein Tag. Sie lagen gut im Rennen.

Otto gingen die Worte seines Chefs, dass er sich eher vorstellen könne, dass der Bürgermeister Ziel der Morde war, nicht aus dem Sinn. Was, wenn der noch auf Keiners Liste stand? Als er sich mit Hansen beim Morgenkaffee traf, teilte er ihm seine Überlegungen mit. Hansen stand mit einem Ruck auf und ordnete Polizeischutz für den Bürgermeister an.

Otto antizipierte die Absichten seines Chefs. Er griff seine Dienstpistole und seine Schussweste. Hansen entschied sich für das gleiche Equipment. Mit quietschenden Reifen rasten sie nach Thale. Hansen trommelte mit der Faust an die Wohnungstür: „Polizei.

Aufmachen, Polizei! Ich zähle bis drei, dann trete ich die Tür ein!

Die Wohnungstür wurde vorsichtig geöffnet. Frau Keiner zitterte vor Angst am ganzen Körper. Sie war nicht fähig, auch nur ein Wort zu sprechen. Hansen herrschte sie an: „Ihren Mann? Wo ist der Mann." „Weiß ich nicht", die Frau hatte sich wieder gefasst. „Auf Arbeit, irgendwo in der Stadt. Keine Ahnung, was er heute vorhat. Wir sprechen nie darüber." Hansen und Otto schoben die Frau beiseite und stürmten mit entsicherten Pistolen in die Wohnung. Von Dr. Keiner keine Spur. Hansen sah sich in der Wohnung um. Er suchte nach Hinweisen, die für ihre Ermittlungen von Bedeutung waren.

Eine Zimmertür war verschlossen. Hansen befahl: „Aufmachen, sofort!" Die Frau hob sie Hände: „Das ist sein Zimmer. Ich habe dafür keinen Schlüssel. Da lässt er keinen rein." Nun beträgt die Widerstandszeit einer Papptür aus dem Wohnungsbauprogramm der DDR für einen Polizeistiefel weniger als eine Sekunde.

Ein Tritt genügte. Die Tür flog krachend mit Rahmen auf den Boden.

Hansen sah sich um. Wie schon im Flur waren die Wände mit Katzenfotos beklebt. Hansen suchte nach Anhaltspunkten, wo die Fotos aufgenommen worden waren. Im Hintergrund eines Fotos erkannte er das Freibad von Thale. Die Aufnahme wurde offenbar von den Kleingärten an der Blankenburger Straße gemacht. „Haben sie dort einen Garten?", fragte er Frau Keiner: „Nein, wie haben keinen Garten. Aber mein Schwiegervater hatte einen. Er ist vor zwei Jahren gestorben. Wir haben in diesem Garten so viele schöne Erlebnisse gehabt. Der Garten ist auf einer Anhöhe. Es war immer recht mühsam, alles den Berg hochzupuckeln. Aber die herrliche Aussicht hat uns mehr als entschädigt."

Hansen zog an einer Schublade des Schreibtisches. Abgeschlossen. Das primitive Schlosss war für sein Schweizer Taschenmesser keine Hürde. Er entnahm der Schublade ein altes Schulheft. Auf dem Deckblatt stand: Die Verbrechen des Dr. K. Hansen warf einen Blick auf den Inhalt. Es handelte sich um ein Tagebuch aus der Zusammenarbeit Keiners mit Bürgermeister Kunze. Es enthielt nur dessen Beleidigungen und Erniedrigungen im

Umgang mit Norbert Keiner. Jedes Protokoll endete mit demselben Urteilspruch:

Dem Verbrechen für schuldig befunden. Todesstrafe.

Hansen hatte genug gesehen. Er verließ eiligen Schrittes die Wohnung und fuhr in die Gartenanlage oberhalb der Blankenburger Straße. Sie schlichen sich vorsichtig den steilen Hang hinauf. Immer darauf gefasst, dass Dr. Keiner sie entdeckte und auf sie schoss. Der hatte nichts mehr zu verlieren. Der schien zu allem fähig zu sein.

Keiner bemerkte ihr Kommen nicht. Er saß auf der Terrasse und weinte. Was ging ihm, der skrupellos Menschen tötete, so zu Herzen, dass er die Tränen nicht halten konnte? Die Antwort gaben mehrere tote Katzen, die vor ihm auf der Terrasse lagen.

Hansen und Otto gingen mit entsicherten Pistolen zu ihm. Hansen sagte laut und deutlich: „Herr Keiner, sie sind festgenommen wegen des Verdachts der Ermordung von zwei Menschen. Heben sie beide Hände hinter den Kopf und kommen sie langsam zu uns rüber.

Ich werde sie erschießen, wenn sie unsere Weisungen nicht befolgen.

Norbert Keiner schreckte hoch. Er war völlig überrasch. Willenlos hob er die Hände und ging langsam auf die Kommissare zu. Hansen sprach ihn an: „Wollen sie sich zu den Vorwürfen äußern?" Keiner schien die Situation immer noch nicht zu begreifen. Er fragte: „Was meinen sie mit Vorwürfe?. Ich kann sie nicht verstehen." Hansen wiederholte seine Anklage. Keiner begriff, dass die Polizei ihn für den Mörder hielt. Entsetzt antwortete er: „Das ist ein riesengroßer Irrtum. Ich habe keinen getötet."

Hansen legte Norbert Keiner die Handschellen an. Er wurde mit einem Streifenwagen ins Revier gebracht. Der Tag war schon fortgeschritten, aber die Kommissare konnten noch nicht Feierabend machen. Sie mussten die Situation ausnutzen und Keiner so lange verhören, bis er seine Taten gestand.

Für Hansen bestand nun kein Zweifel mehr, dass sie mit Dr. Keiner den Täter für die beiden Tötungsdelikte entlarven konnte. Er blieb aber seiner erprobten Verhörstrategie treu und ließ

Keiner zwei Stunden schmoren. Die Uhr ging schon auf Mitternacht zu, als endlich das Verhör begann. Alleine, nur er und der Verdächtige. Otto stand hinter der Spiegelwand, bereit, einzugreifen, wenn Keiner auf Hansen losgehen sollte.

Hansen setzte sich rücklings auf einen Stuhl und rutschte bis auf wenige Zentimeter an Keiner ran: „Herr Keiner, haben sie es sich überleg?. Wir können jetzt alle zur Ruhe kommen, wenn sie ein Geständnis ablegen. Oder ich verhöre sie so lange, bis sie das machen. Das kann von mir aus Stunden und Tage dauern. Wir sind zwei Vernehmer, Kommissar Otto und ich. Wir wechseln uns ab. Seien sie versichert, sie werden gestehen. Das halten sie nicht durch. Also was ist, Geständnis gleich oder später?"

Keiner: „Ich kann doch kein Geständnis abgeben, wenn ich es nicht war, der die Morde verbrochen hat."

„Also doch die lange Tour", Hansen goss sich einen Kaffee ein. „Ich will ihnen sagen, welches Motiv sie hatten. Sie hassten Herrn Dr. Kunze so sehr, dass sie ihn töten wollten. Als Beweis dienen ihre Tagbuchaufzeichnungen mit den Todesurteilen für den Bürgermeister. Damit aber der Verdacht nicht auf sie fiel, haben sie einen angeblichen Serienmörder erfunden. Sie gingen sogar so weit, zwei völlig Unschuldige zu töten um von sich abzulenken."

Keiner schwieg.

Hansen fuhr fort: „Als Nächstes will ich ihnen sagen, wie sie ihre Verbrechen ausgeführt haben. Sie haben eine oder mehrere Wildkatzen abgerichtet. Auf ihr Kommando sprangen diese kräftigen Tiere ihre Opfer von hinten an. Daraufhin verloren die dass Gleichgewicht und stürzten aus einer Höhe von 200 Metern auf die Erde. Die Opfer hatten keine Chance, diesen Sturz zu überleben. Was für eine perfide Vorgehensweise. Tiere als Mordhelfer zu missbrauchen."

Keiner schwieg.

Hansen war Keiner körperlich weit überlegen. Er packte Keiner mit beiden Händen am Kragen und drückte ihm die Luft ab. Er blieb dabei ganz ruhig. Er sagte: „Wir beide sind hier ganz alleine. Niemand wird ihnen helfen oder ihnen als Zeuge dienen, falls sie vorhaben, mich wegen Körperverletzung anzuzeigen."

Keiner lief rot an und schnappte nach Luft. Hansen lockerte seinen Griff nicht. Erst als Keiner das Bewusstsein verlor, warf er ihn gegen die Wand.

Keiner war feige, schwach und wehleidig. Er weinte wieder. Unter Tränen winselte er, Hansen möchte ihm nicht wehtun. Er habe diese Morde nicht verübt. Seine Katzen würde er nie im Leben für die Tötung von Menschen missbrauchen.

Hansen: „Und warum haben sie dann die Tiere getötet?"

Keiner: „Ich habe die nicht getötet. Jemand hat sie vergiftet."

Hansen befahl barsch. „Stehenbleiben. Ich mache eine Pause. Mit ihnen sind wir noch lange nicht fertig."

Otto hatte von der Tankstelle Bier und belegte Brötchen besorgt. Hansen nahm das Angebot gerne an. Otto druckste herum. Hansen bemerkte das und forderte ihn auf, seine

Meinung zu sagen. Otto fasste Mut: „Das kann ich mir nun so gar nicht vorstellen, dass Norbert Keiner unser Täter sein soll. Meinst du wirklich, dass er die Wildkatzen als Gehilfen einsetzte?"

Hansen: „Ich habe Grund zu der Auffassung, dass er die wilden und kräftigen Tiere darauf dressiert hatte, Meschen von hinten anzuspringen. Diese Personen verloren das Gleichgewicht und stürzten in die Tiefe."

Otto: „Ich konnte aber in den Untersuchungsberichten der Rechtsmedizin keinerlei Hinweise auf das Vorhandensein von Haaren einer Wildkatze finden."

Hansen: „An den Opfern nicht, sehr wohl aber an den Tatorten."

Otto: „Aber nur an der Roßtrappe, in der Gondel nicht. Und die Haare an dem Geländer müssen ja nicht von den zahmen Katzen stammen. Ein Beweis wären sie nur, wenn sie von den Opfern stammen würden."

Hansen öffnete die zweite Flache Bier: „Ich bin überzeugt von der Schuld dieses Monsters. Wir müssen die Menschen vor solchen

Psychopaten schützen. Der kommt hinter Gitter, sehr lange Zeit. Das kannst du mir glauben. Wir kriegen sein Geständnis."

Das Bier zeigte Wirkung. Hansen musst gähnen und konnte damit nicht aufhören. „Nun gut", sagte er, „Schluss für heute. Schafft ihn in seine Zelle."

10. Die Lösung

Hansen hatte eine sehr unruhige Nacht. Von schlimmen Träumen geplagt, saß er nächsten Morgen am Frühstückstisch. Seine drei Frauen plätscherten fröhlich wie die kalte Bode im Oberharz. So hatte er sich das nicht vorgestellt. Ramona Heise sollte mit der kleinen Thefa eine Wohnung im Obergeschoss beziehen, aber doch nicht mit Vollpension und Familienanschluss. Das Telefon beendete sein Grübeln. „Verdammt", er stand plötzlich auf und eilte davon. Conny und Ramona liefen ihm nach." Was ist denn passiert.?"

Wir haben den dritten Toten. Wieder abgestürzt. Diesmal keiner aus Thale, sondern ein Staatssekretär aus dem Wirtschaftsministerium."

Kommissar Heinz Otto war vor Hansen am vermutlichen Tatort auf dem Hexentanzplatz. Von hier hatte man eine wunderbare Aussicht auf die Stadt Thale und den nördlichen Vorharz mit den größeren Städten Halberstadt und Quedlinburg. Otto gab Hansen schweigend die Hand. Das sollte sein Bedauern ausdrücken, dass Hansen diesmal nicht den wirklichen Täter festgesetzt hatte. Im Grunde wäre das für Otto eine Genugtuung, hatte er doch mit seinen Zweifeln nicht hinter dem Berg gehalten. Aber Otto war zu viel Teamplayer um Schadenfreude zu empfinden. Zudem verehrte er Hansen zu sehr.

„Diesmal warst du klüger als ich", Hansen war ehrlich, „Respekt mein Lieber." Otto war diese Szene peinlich. Er wiegelte ab: „Das ist doch nicht so wichtig. Wir sind ein Team, bei Erfolgen wie bei Misserfolgen sind wir wie ein Mann."

Hansen gab sich einen Ruck. „Packen wir es an. Was wissen wir?"

Otto ging zu seinem Auto und holte seine Kamera. Er hatte die Zeit genutzt, um Aufnahmen von dem Opfer und von den Örtlichkeiten zu machen.

„Nanu", Hansen war überrascht., „hast du deinen BMW wieder". Otto nickte. „Und, erzähle schon, hat BMW das über die Garantie bezahlt?" Otto schüttelte den Kopf. „Nein, die reden sich damit raus, dass ich zu schnell gefahren sei. Der Wagen hätte erst bei mittleren Drehzahlen eingefahren werden müssen."

Hansen war ungehalten: „Das kläre ich. Wir Fahren nachher zu BMW. Die können sich auf was gefasst machen. Aber zuerst möchte ich deine Einschätzung des Tatortes und des Tatgeschehens hören."

Otto: „Das Verbrechen muss gestern Abend so gegen 21.00 Uhr passiert sein. Der Staatssekretär war Gast von Ingo Balzer, der hier im Restaurant seinen 60. Geburtstag feierte. Es ist zuerst keinem aufgefallen, dass der Staatssekretär fehlte. Bei so einer Party geht schon mal der eine oder andere mit einer anderen raus und lassen es sich gut gehen. Der Staatssekretär hatte wohl eine Affäre mit der Frau des Bürgermeisters. Und das nicht erst seit gestern."

Hansen: „Nun mach schon. Was hast du noch?"

Otto: „Ingo Balzer bemerkte das Fehlen des Staatssekretärs und ging mit seiner Frau raus, um ihn zu suchen. Sie sahen dann die Lücke im Schutzzaun und befürchteten, dass etwas Schlimmes passiert war. Sie riefen Polizei und Feuerwehr. Die fanden das Opfer dann 100 Meter unterhalb des Hexentanzplatzes. Aufgespießt auf den Ast eines Baumes, der in der Felswand wuchs."

Hansen: „Ist das alles. Gut, dann fahren wir zu den Herren mit der Freude am Fahren."

Hansen und Otto waren sehr salopp gekleidet, um nicht zu sagen nachlässig. Als sie den Verkaufsraum des Autohauses betraten, ignorierte sie der Verkäufer. Hansen gewann an Fahrt: „Hey, sie da junger Mann. Holen sie mal den Chef, aber ein bisschen plötzlich."

Der junge Mann wurde von dieser forschen Anrede überrascht. Er überlegte kurz, entschied sich dann aber, diese Forderung zu überhören. Hansen hatte seine Temperatur erreicht. Er ging geradewegs in Richtung Büro und nahm den jungen Mann nicht weiter zur Kenntnis. Hansen öffnete ohne anzuklopfen die Tür und sagte : „Moin."

Der Chef war verärgert und winkte nur ab: „Ich habe jetzt keine Zeit für sie. Lassen sie sich einen Termin geben."

Otto: „Von wem?"

Der Chef: „Vom wem sie wollen:"

Hansen nahm einen Stuhl und platzierte sich vor dem Chef. Ganz ruhig, obwohl er innerlich kochte, sagte er: „Ich bin Hauptkommissar Hansen. Ich leite hier die Mordkommission. Das ist Kommissar Otto, mein bester Mann. Sie haben ihm die Reparatur seines BMW als Garantieleistung abgelehnt. Er sei angeblich zu schnell gefahren. Mein lieber Mann. Wir sind von der Polizei und müssen Kapitalverbrecher dingfest machen. Das können wir nicht mit mittleren Drehzahlen. Vollgas ist unsere Pflicht. Wenn ihre weichgespülten Karren das nicht ertragen, sollten sie Kinderroller verkaufen."

Der Chef war erschrocken. Diese Ansprache hatte er nicht erwartet. Er versuchte zu widersprechen. Aber nicht bei Hansen. Der hob den Schreibtisch als wäre er aus Styrophor und versperrte damit die Tür. Er brüllte: „Sie kommen hier erst wieder raus, wenn sie unsere Arbeit respektieren und uns nicht wie halbwilde Raser disqualifizieren. Dann werde ich auch nicht meinen befreundeten Redakteur bei Autobild um Unterstützung bitten."

Der Chef hatte genug. Er rief in der Buchhaltung an und legte fest, dass Ottos Motorschaden als Garantieleistung abzurechnen sei.

Otto war das nun doch peinlich: „Aber wir waren doch nicht im Einsatz."

Hansen: „ Hätten wir aber sein können. Es geht ums Prinzip . BMW muss uns Fahrzeuge zur

Verfügung stellen, die höchsten Belastungen gewachsen sind. Punkt."

Aber das war nicht sein Hauptproblem. Er hatte sich schon lange nicht mehr so geirrt. Sie waren wieder beim Punkt Null angelangt. „Na gut", knurrte er in seinen imaginären Bart, „wir sollten die Teilnehmer an der Geburtstagsparty befragen. Fangen wir mit Ingo Balzer an."

Ingo Balzer besaß ein sehr großzügiges Anwesen am Ortsrand von Thale. Er war ein erfolgreicher Geschäftsmann und scheute sich nicht, das auch zu zeigen. Natürlich hatte er auch Neider. Damit konnte er leben. Doch es gab auch sehr viele Menschen, die seine Leistungen hoch einschätzten. Immerhin fanden viele bei ihm eine gut bezahlte Arbeit. Männer wie er waren das Rückgrat des wirtschaftlichen Aufschwungs in der ehemaligen DDR.

Zu seiner souveränen Art passte seine Reaktion auf die Fragen von Hansen und Otto: „Mane Herren", sagte er freundlich, „ich habe schon auf euch gewartet."

Hansen tat es gut, mal wieder dieses Harzer „a"
für „ei" zu hören. Er hatte Balzer mal darauf
angesprochen, ob er sich das nicht verkneifen
könne. Balzer hatte geantwortet: „ Das könnte
ich schon, will es aber nicht. Ich bin an Kind des
Harzes und die regionale Färbung der
deutschen Sprache ist an Stück Identität.
Darauf bin ich stolz und will darauf nicht
verzichten."

Balzer lud seine Besucher ein, an seinem
riesigen Gartentisch Platz zu nehmen. Er bot
ihnen Getränke an. Heinz Otto entschied sich
für einen türkischen Kaffee. Das war die
ostdeutsche Bezeichnung für eine Tasse
Bohnenkaffee, der in der Tasse mit heißem
Wasser aufgebrüht wird und wo man immer
Kaffeekrümel in den Zähnen hatte.

Hansen hasste dieses Getränk und verstand die
Ostdeutschen nicht, dass sie dieses Gesöff
immer noch vorzogen, obwohl es inzwischen
genug gute Kaffeemaschinen gab. Aber
vielleicht war das auch so ein Fall von
ostdeutscher Identität, von der Balzer sprach.

Otto unterbrach das kultivierte Schweigen der
Männer: „Du kannst dir bestimmt denken,

weshalb wir dich am Morgen nach deinem
60. Geburtstag stören."

Balzer schmunzelte: „Nur nicht so ungeduldig,
man Freund. Wollen wir nicht noch eine Zat
der Sprache des Windes und dem Chor der
Vögel zuhören. Das ist doch das, was
letztendlich zählt."

Hansen wusste von Balzers philosophischem
Dilettantismus. Nicht viel besser sah es mit
seinen ökonomischen Kenntnissen aus. Er
nahm es ihm nicht übel, hatte dafür aber heute
keinen Sinn: „Sie werden entschuldigen, aber
wir haben einen neuen Mordfall und brauchen
sie als Zeugen."

Balzer erhob sich und dehnte seine Einmeter-
fünfundneunzig Körpergröße: „Nicht überall
wo Mord draufsteht, muss auch Mord drin
san."

Otto: „Wie manst du das denn.?"

Balzer:„Ich mane, dass wir gestern auf der
Hexe kanen Mordfall hatten."

Hansen: „Können sie uns das bitte erklären?"

Balzer: „Zuerst mane ich, dass es so langsam an der Zat ist, dass wir uns duzen. Ich bin der Ingo."

Hansen: „Sehr gerne, Horst."

Balzer: „Ich bin heute sehr früh aufgestanden und habe mit anigen Gästen maner Feier gesprochen. Der sogenannte Mord vollzog sich folgendermaßen. Der Staatssekretär war gerade mit Anne Kunze in Gange, als der Bürgermeister zum Luftschnappen rauskam und die baden in flagranti überraschte. Zwischen den baden Männern entbrannte an heftiger Strat. Kunze drohte damit, dem Staatssekretär die Eier abzuschnaden, worauf der wütend auf Kunze anschlug und ihm drohte, dass er dessen Frau haraten wolle."

Balzer setzt sich wieder an den Tisch. Otto, kannte den Begriff flagranti nicht, war aber immer an erotischen Anregungen interessiert. Er fragte, was flagranti bedeute. Balzer lachte laut auf: „Na ficken, oder denkst du, die haben Stiefmütterchen gepflückt"

Otto hätte eigentlich beleidigt sein müssen, unterdrückte aber dieses Gefühl und hackte nach: „Nun erzähle schon, wie ging das water?"

Balzer: „Das kannst du dir nicht denken? Kunze schlug zurück, hatte aber weder die Kraft noch den Mut, sich ernsthaft zu schlagen. Nun war der Staatssekretär aber ziemlich besoffen. Er verlor das Glachgewicht und stürzte durch die Lücke im Zaun in die Tiefe. Ihr könnt glach zu Kunze fahren, er wird an Geständnis ablegen. Zeugen dafür gibt es auch."

Hansen fiel ein Stein vom Herzen. Kein weiterer Mord, um so besser. Er wollte sich verabschieden, aber Balzer bat ihn, noch zu bleiben. Er nahm einen Schluck vom türkischen Kaffee, spukte den Satz fluchend aus und bat seine Frau, ihm mit dem neuen Kaffeevollautomaten einen Cappuccino zu kochen. Er sagte: „Man muss ja mit der Zat gehen. Ich fahre ja auch kanen Polski Fiat mehr sondern anen BMW X5."

Hansen: „Von deinem BMW - Händler kommen wir gerade. Der hat von mir ordentlich was auf die Mütze gekriegt."

Balzer: „Das hat er mir berichtet. Ich konnte ihn gerade noch davon abhalten, dich wegen Hausfriedensbruch anzuzagen."

Hansen: „Schon gut Mann, was hast du noch auf der Pfanne?"

Balzer: „Nur so viel und nicht weniger, als dass es überhaupt kane Morde in Thale gab. Der Achim Sens ist von der Roßtrappe gesprungen, wal ihn die Schulden erschlagen haben. Nicht jeder kann mit so hohen Schulden glücklich san. Sane Frau hat sanen Abschiedsbrief unterschlagen, wal ihr bei Selbstmord die Lebensversicherung nicht ausgezahlt wird." Hansen ungläubig: „Das überrascht mich jetzt doch. Woher weißt du das?"

Balzer: „Unter uns, ich kenne schon den einen und anderen. Auf meiner Party war auch mane Versicherungsmaklerin. Die hat mir das mit der Selbstmordklausel in der Lebensversicherung von Achim Sens gesteckt. Das kann doch nicht angehen, dass deshalb Thale zu aner Stadt der Mörder wird. Es gibt etwas, das wichtiger ist als wir. Das ist mane Hamatstadt Thale."

Otto: „Und Egon Matke?"

Balzer: „Ach ja, der liebe und süße Egon. Der war schwul. Das sollte aber kaner wissen. Er hatte sich mit Norbert Kaner verabredet. Sie wollten sich im Wald vergnügen. Dr. Kaner zog gerne Frauenklader an. Am liebsten Trachtenanzüge. In der Tasche waren die Utensilien für an romantisches Picknick im Wald. Doch dazu kam es nicht. Norbert Kaner wollte die Beziehung mit Egon Matke beenden. Er hatte Angst, sane Arbat als Wirtschaftsförderer zu verlieren. Die baden Süssen fingen ane Prügela an, bei der sich die Tür der Gondel öffnete und Egon Matke rausfiel."

Horst Hansen war sprachlos. Das hatte er noch nicht erlebt. Dass ihm so vorgeführt wurde, wie die Vernetzung eines einflussreichen Mannes den kriminalistischen Ermittlungen überlegen war.

„Kann ich dir dafür was Gutes antun", fragte er Balzer.

„Aber gerne doch", antwortete der. „Noch ane Tasse türkischen Kaffee trinken."

Hansen drückte Balzers Pranke: „Aber gerne doch. Kann man mit Recht sagen, dass du der Königsmacher von Thale bist?"

Balzer war diese Frage nicht recht: „Sagen kann man viel. Es gibt ja kane Könige mehr."

„Du weißt schon was ich meine", Hansen ließ sich nicht abwimmeln. „Komm schon. Von dir könnte der Satz stammen: Mir ist egal, wer unter mir Bürgermeister ist, solange er macht was ich will."

Balzer: „Der Satz ist nicht von mir."

Er pfiff laut, worauf umgehend ein kapitaler Schäferhund herbeieilte: „Wenn Hasso Bürgermaster werden will, von mir aus."

Ich bedanke mich bei der herrlichen Natur des Bodetals sowie bei meinen Freunden in Thale und Quedlinburg, die mich zu diesem Buch inspiriert haben

Verzeichnis der im Verlag BOD herausgegebenen
Bücher von Uwe Drewes

- Eine besondere Zeit….? ‚Roman, 2020
- Andersrum oder Mercedes für alle. Ein
  alternativer Roman zur deutschen Einheit,
  2020
- Hansen ermittelt. Zwei Kriminalromane in
  einem Band, 2021
  - Der Maklermord
  - Die Schredderleiche
- Eklat am FKK. Roman, 2022
- 20 + 1 Gutenachtgeschichten von Hasen
  und Blumen, 2019. Dritte überarbeitete
  Auflage 2023
- Der Rücktritt. Aus dem Leben eines
  Jungen in der DDR. Roman
- Katzensprung oder der Königsmacher von
  Thale, Roman, 2023